無限春光
在太空

李偉才 著

序

「嘿！我相信我們必定是生活在一個巨靈神的夢境之中！」

「何以見得呢？」

「難道你不覺得世事往往顛三倒四，甚至令人哭笑不得嗎？」

「也說得是。但依我看來，這個不是什麼巨靈神，而根本就是撒旦本身！且看眾生每一刻所受的百般煎熬，便知道作這個夢的，是何等變態的一個心靈……」

「見鬼！我想我們終於找到真相了！」

全能的創造者突然出現。

「住嘴！你們這兩個笨蛋！你們真正身處的，是一個科幻小說作家的腦海。你們的任務已經完成，現在就給我滾！好讓我把這篇稿件發出以賺點稿費。」

GAME OVER!

* * *

小説集其實還需要什麼序。如果以上這個「故事」令你覺得意猶未盡，請快快翻至書中第一個故事（或任何一個故事），看看這個科幻作家能再翻出什麼花樣吧！

李偉才（李逆熵）

目 錄

泰拉文明消失之謎

「沒有聽過比這更荒謬的假設！」華都都不屑地說。

「我這個假設可是有根有據的呢！」達達圖爭辯說。

「你的所謂根據，只不過是些胡亂猜想罷了。」華都都反駁道。「這麼低等的生物，怎麼可能是泰拉文明的締造者呢！」他的其中一個頭，隨即轉向偌大的天窗，仰望着佔據了窗外大半景色的泰拉星球。

「我知表面看來，這的確十分荒謬，」達達圖說：「但透過最新的基因分析，角猿與消失了的泰拉族，在基因上的確存在着十分親密的血緣關係。這是最新的電腦分析結果。左邊的是角猿的基因圖譜，而右邊的則是我們從多個泰拉人的半化石遺骸中重建的基因圖譜。你可以仔細看看。」達達圖指着巨型顯示屏上的圖表說。

「這恐怕只是巧合吧？」華都都把三個頭同時轉向顯示屏，企圖找出分析結果的謬誤之處。

可是看了一會之後，三個頭的頂部都由反映自信的藍色轉為疑惑的綠色。「唔！這可真有點兒古怪！好吧！你便循着這條線索，試試能否破解泰拉文明衰落之謎吧！」

就是這樣，作為星艦科學官的達達圖多番率領研究隊伍，

乘坐梭子船從處於軌道中的星艦前赴泰拉星的表面，並對泰拉的文明遺蹟以及附近的角猿進行更深入的探究。

過了數十個泰拉日之後，達達圖約見了艦長華都都，並向他作出初步報告。

「你這不是愈扯愈遠了嗎？」華都都在聽了報告後，三個頭同時搖晃着説。

「我知道這的確令人頗為困惑。」達達圖回答道：「但遍佈於草原上的健力獸，其基因組成確與角猿有頗多共通之處。當然，這些素食的健力獸的智力水平，仍不到哈氏級別的第四級，與泰拉文明更不可能扯上任何關係。但請你看看，即使不看基因分析，也可以看出角猿的外貌——特別是頭部的形態和頭頂的一雙短角——實在與健力獸頗為相似……」

「看上去也真的頗為相似。」華都都説。「這確是一個耐人尋味的問題。」他頓了一頓，然後三個頭九隻眼睛瞧着達達圖説：「但很不幸，我們在這個星球已經耽擱了不少時間。星聯議會的指示是，我們必須在二十日之內離開這兒並繼續我們的考察。你能否在這段時間內破解這個謎團，便要看看你的本事了。」

在力爭無效之後，達達圖惟有接受現實，並重新投入到破解謎團的努力之中。

在整個研究的過程裏，達達圖與不少角猿慢慢建立起一

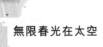

種很微妙的感情。令他頗為震撼的是，在這些智慧不高的角
猿身上，偶然會出現一種異常深邃並且充滿着哀傷的眼神！
然而，當他終於把謎團識破之時，他所感受到的震撼，較之
前的還大上千百倍！

　　星艦快要啟航了。所有船員都在忙碌地準備一切，而超
空間星際推進器亦已開始緩慢的啟動程序。一股超低頻的震
動遍佈於船上每個角落。

　　達達圖正坐在艦長的預備室，向華都都艦長作出最新的
也是最後一次的報告。

　　「我想我已經找到泰拉文明沒落的原因了。」達達圖的
聲音既帶疲累，亦帶傷感。

　　「那麼原因是什麼？」華都都滿懷好奇地問。

　　「是『交哺禁忌』的惡果！」

　　「什麼？你是說……」華都都頭頂的顏色不斷變換着。

　　「沒錯，是交哺禁忌！我深入地研究過泰拉人的歷史和
文化，知道他們與我們一樣，也有着強烈的『同類相食禁忌』
和『亂倫禁忌』，但令人驚訝的是，他們的文化中竟然沒有
交哺禁忌這回事！」

　　「難道他們不知道交叉哺育所帶來的危險嗎？」華都都
難以置信地說。

　　「對！」達達圖說。「雖然在他們的科學文獻中，也清

楚記載了一種名叫蜜蜂的昆蟲。這種有嚴密社會分工的蜜蜂在幼蟲期間基本上一樣，卻會因為被餵飼的食物有所不同，而發育成不同種類的蜜蜂。例如食物是普通花蜜的話，會變為普通的蜜蜂；而食物如果是一種叫『蜂皇漿』的物質的話，則會變成體積大上千倍的蜂后。」

「這個當然！哺育對發育的巨大影響，正是交哺禁忌的科學基礎。泰拉人既然知道這個道理，為何還是不懂防避呢？」

「唉！原理雖然一樣，但泰拉生物的演化歷程，畢竟與我們的頗為不同。我們的遠祖透過長期實踐而衍生出來的交哺禁忌心理制約，並沒有在泰拉族的實踐中得以確立。不要忘記，我方才舉出有關蜜蜂的例子，都只是限於同一物種之間的現象。」

「不可能吧！在同一物種之間已經如此顯而易見，那麼在不同物種之間便更……」

「咳！」達達圖舉起了前翼打斷了華都都的話頭。「對我們來說是顯而易見，但對另一個族類則可能是完全另一回事。雖然，我也覺得泰拉族實在是太疏忽魯莽，以致鑄成大錯……」

「不要再賣關子了！他們究竟出了什麼事？」

「還記得我跟你提過的健力獸嗎？」

「有一點印象吧！但牠們跟泰拉文明扯得上什麼關係

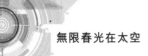

呢？」

「關係可大了！我們的研究顯示，直至五千個泰拉年之前，泰拉族都是由母親直接用乳汁哺育幼兒的。但在距今約五千年前、一個泰拉人稱為『二十世紀』的期間，他們因為貪圖方便，開始改用一種動物的乳汁來餵飼後代。」

「太可怕了！他們竟會這麼愚蠢！」

「你猜到他們用的是什麼動物嗎？」

「嗯！難道是你方才說的……」

「正是！是我們如今在泰拉草原上仍然見到的健力獸。不過，健力獸是我們起的名字。泰拉人稱這種動物為『牛』。」

「而那些長相與這些『牛』頗為相似的角猿……莫非牠們便是……」

「沒錯！牠們便是泰拉人的後代！」

「噢！我的天！我一直以為對交哺禁忌的恐懼只是基於傳說多於現實。沒想過真的會出現這麼可怕的結果。」

「每個星球的生物化學基礎和演化歷程也有所不同，而泰拉生物的特點之一，是交哺效應的潛伏期特別長。按照我的研究，以健力獸乳汁代替泰拉人乳的影響，在最初的六、七個世代是難以被察覺的。然而，到了泰拉人的二十一世紀下半葉，交哺效應開始逐步顯現。泰拉人驚覺，他們的後代開始出現明顯的畸變：不單是外貌，而且在智能方面亦迅速衰退。一種主要影響健力獸的可怕疾病『瘋牛症』，更加開

始在這些畸變了的後代身上蔓延開來。泰拉人大批大批的死亡，整個文明亦陷入紛亂之中。」

「而如今的這些角猿⋯⋯」

「正是大浩劫下的餘孽⋯⋯」

貫穿整艘星艦的超低頻震動起了變化。超空間推動器的啟動正進入最後階段。

「我們有可能幫助這些泰拉人的後代回復正常嗎？」華都都一邊透過電腦發出最後的啟航指令一邊問道。

「恐怕十分困難。基因結構都大幅退化了。交哺效應是一條不歸路⋯⋯」

華都都與達達圖互相對望，一時間不知應該說些什麼。最後還是由艦長打破沉默先開了腔：「很多謝你的報告，達達圖。我會把情況如實向星聯議會報告。我相信議會很快便會決定開發這個星球，並批准大規模的殖民計劃。」

「我可以提出一個請求嗎？」達達圖說。

「請說吧！」

「我希望在開發這個星球期間，可以把角猿列為一級保護的生物。畢竟，牠們曾經是這個星球的主人。」

「完全同意。我必定會把這個建議寫到報告中。」

就在這時，自動啟航系統發動起來，星艦在軌道上的時空消失，離開了這顆泰拉人稱為「地球」的美麗行星。

☐ *科幻解讀*

大家有沒有想過,在人類漫長的歷史裏,不靠母乳哺育而長大是一件多麼晚近的事情?但活在現代社會的人,卻已經把這看成為「理所當然」甚至「天經地義」的事。正是基於這個角度出發,筆者寫了〈泰拉文明消失之謎〉。這當然是一種虛構的「黑色幽默」。嗯,但再想深一層,故事中的假設真的純屬虛構嗎……?

太空站神秘謀殺案

全靠一個噴嚏，太空裏的第一椿謀殺案才得以被偵破。

當然，在噴嚏之外，還需要有一個好像彭施狄這樣精明的頭腦——雖然這個頭腦差點兒被這個舉足輕重的噴嚏廢了。

也許我們應該從頭説起。

二零五四年四月一日，地球以外的第一椿謀殺案發生了。受害人的致死原因，是頭盔的前方被重物擊破，導致空氣外泄和氣壓下降。

問題是，馬哈蒂被殺時，唯一在弋達太空站外的人員是他的拍檔羅斯索。而按照羅斯索的肩膊錄像機顯示，他那時離開馬哈蒂超過十米，而且正在背向着他工作，因此不可能施以毒手。

而不巧的是，馬哈蒂當時並沒有開啟他的肩膊錄像機，所以人們無法得悉發生了什麼事情。

由於太空站保安處對案件一籌莫展，所以國際刑警很快便派來了鼎鼎大名的大偵探——彭施狄。

然而，經過了個多星期的深入調查，以心廣體胖見稱的大偵探也開始眉頭深鎖了。

關鍵的一天是四月十九日。吃過早餐後，彭施狄與他的助手克里特，以及太空站的保安主任金正沃換上了太空衣，一起再往案發現場考察。

弋達站是一個環形的太空站。從遠處看頗像古時的馬車車輪。輪的中心是一個巨大的球狀結構，由此伸出六條管道與外圍的環狀結構連接。由於自轉產生了模擬重力，環內的人都會把環的外牆內側當作地板，而以中心的球狀結構的方向作為「上方」。也就是說，處於太空站兩端的人，他們的頭頂是遙遙相對的。這和處於地球兩端的人，腳底隔着地心遙遙相對的情況既相反又相似。

案發的地方，是環狀結構的內牆外側。相對於環內的人來說，也就是「天花」的頂部。「我已看過站內一百五十人的資料，亦跟其中的過半數詳談。我的直覺告訴我，死者的拍檔羅斯索始終嫌疑最大。」彭施狄站在案發現場，透過對講機跟金正沃說。

「我也有同感。」金正沃回答道：「但當時兩人是背對着的，而且相距亦超過十米。如果案發不是在太空，我們還可以想像羅斯索用回力棒之類的東西來襲擊死者。但太空中沒有空氣，回力棒當然起不了作用。可是另一方面，除了死者和羅斯索外，當時站內的所有人員都沒有外出。這可真教人摸不着頭腦。」

「我查過紀錄了，站內的其他人的確都有不在場證據。

但他們兩人也不是完全孤獨的。就在太空站另一端的內牆外側。」彭施狄抬起頭並指着頭頂的球狀結構:「剛巧有一個機械人在進行定期維修的工作。當然,即使以直線計,兩者相距也達一公里之遙,而且按照機械人學第一定律,機械人也不可能加害人類……」

「小心!」在旁的克里特忽然大叫,並一把將彭施狄拉過一旁。就在這時,一個維修人員用的分子焊接器,在彭施狄原來站着的地方一邊滾動一邊高速掠過。

驚魂甫定之後,透過無線電的查詢,才知道這是一趟罕有的意外。原來離兩人交談之處約七十米的地方,兩名技術人員正在進行擴建工作。其中一名卻突然打了一個特大的噴嚏,手上的分子焊接器不由自主地猛然敲擊在一條鋼柱之上。由於撞擊的力度太猛,焊接器反彈後甩手而出。而在失重狀態又無空氣的太空中,它速度絲毫不減地朝着彭、金兩人所處的地方飛去。若不是克里特機警,彭施狄很可能已被擊中而受到重創。

「我想到了!」三人返回站內換上一般衣服後,一直默然不語的彭施狄突然興奮地說。「讓我們立即翻查那個機械人的內置紀錄。」

翻查之下,發現機械人在案發時的內置工作紀錄曾被人巧妙地刪改。但在專家的協助下,終於在機械人的後備記憶

中，找到了機械人在案發一刻之前的兩分零三秒，曾把一件重物高速地向上拋擲的紀錄。

進一步的調查顯示，唯一可以修改機械人指令的人是羅斯索。深入調查和盤問結果更顯示，原來羅斯索是地球上的電腦積犯，這次喬裝來到太空站工作，卻無意間被馬哈蒂發現了秘密並進行勒索，迫於無奈的他惟有殺人滅口。

「太空站處於失重狀態，因此兇器能在沒有重力偏折和空氣阻力的影響下，連續飛行了兩分零三秒，最後準確地擊殺馬哈蒂。這個道理我可以理解。」克里特事後對彭施狄說：「但我想不通的是，機械人與馬哈蒂中間隔着太空站的球狀中心，兇器如何能夠繞過中心而擊中馬哈蒂呢？」

「呀！」彭施狄微笑地答道：「克里特，我親愛的好助手。你的偵探頭腦一向不錯，但科學頭腦似乎差了一點點。也難怪你的，在太空中破案，也還是歷史上的第一宗呢！」

克里特有點不服氣地說：「是嗎？但我記得牛頓力學的第一定律指出，一個物體在沒有任何外力影響之下，一是靜止不動，一是以一個恆定的速度進行直線運動。在太空中，既無摩擦力和空氣阻力，也無重力作用的影響，所以物體一被推動，便會以一個不變的速度向前運動，直至撞到外物為止。我的基礎物理學常識可沒錯吧？」

「對！對！對！一點也沒錯！」彭施狄仍是保持着笑容：「但關鍵在於，你方才所說的『在沒有任何外力影響之下』

這一點之上。兇器被機械人擲出後,當然沒有一刻不受地球的重力場所影響。但由於它與整個太空站及周遭的事物一起進行自由落體的運動,因此彼此都處於失重狀態。所以相對於太空站來說,兇器的運動確實可以視作沒有受重力場的影響。」

「那還有什麼外力在作怪呢?」克里特大惑不解地問。

「你曾經嘗試在遊樂場的旋轉木馬平台上走動嗎?我不是隨便問的,因為我自己真的試過。那是一趟很有趣的經歷呢⋯⋯」彭施狄瞇起了眼睛說道,像在緬懷童年的回憶。「沒錯,」他回到現實世界中繼續道:「牛頓第一定律會令物體在太空中以直線運動,但在一個旋轉的體系中,這條直線會變成了曲線!」

「啊!你是說⋯⋯」克里特恍然大悟地說。

「正是!我們不要忘記,整個太空站固然在環繞着地球運動,但另一方面,它本身也不停地進行旋轉運動,以給站內的人提供模擬重力。也就是說,整個太空站是一個旋轉的參考座標系。在座標系之內,會存在一種令運動方向偏折的『虛擬力』(pseudo-force)。由於最先研究這種力的物理學家名叫科里奧利,所以這種力又叫『科里奧利力』(Coriolis Force),而這種運動偏折的現象則稱為『科里奧利效應』。」

「啊!我記得了!在唸中學的地理課時,老師好像提過這種效應,以解釋北半球的颱風為什麼總是逆時針旋轉,而

南半球的颱風則總是順時針旋轉。」

　　「哈！哈！你的地理學知識總算沒有完全還給老師！」彭施狄開懷地說。「而我們的電腦犯罪天才也沒有！按照機械人的內置紀錄，兇器並非瞄準一公里外的馬哈蒂擲出。但奇妙的是，在科氏效應的作用下，它卻能剛好繞過太空站的中心球體，最後準確無誤地擊中馬哈蒂。羅斯索也真聰明，他可能是歷史上第一個利用科里奧利效應殺人的兇手呢！」

最先將科幻小說和偵探小說成功地結合的正是以「機械人」系列和「銀河帝國」系列聞名於世的科幻大師艾薩克·阿西莫夫（Isaac Asimov）。筆者這個短篇可說是繼承他這一優秀傳統的小小嘗試。各位若有興趣親炙大師的作品，*Asimov's Mysteries* 一書絕對不可錯過。

趕盡殺絕

「這次可真事關重大，葛特首長從來沒有這麼晚召我到他官邸的呢！」加百列一邊飛行一邊想着。一看時間已經不早，他立即加快飛行速度，越過了層層顏色瑰麗的雲彩，最後降落在葛特首長官邸的門前。

進入大廳之時，看見葛特首長與衛生處處長米迦勒，正神色凝重地交談着。

「啊！你終於來了。先坐下來吧。」葛特抬起頭來跟加百列說，然後轉過頭與米迦勒道：「米迦勒，你將疫症的最新發展情況跟加百列講解一下吧。」

「好的。」眉頭深鎖的米迦勒朝着剛坐下來的加百列望過去：「唉！老加，情況可真不太妙。我們今天又發現了萬多宗新的個案！加上過去三星期的九萬多宗，染上了賀姆流感的人已超過十萬之數，而其中四千多人經已死亡。」

米迦勒頓了一頓，再接下去：「人馬臂和獵戶臂的疫症專家，今天下午與我們一起開會。人馬臂的普渡專家悉加，謂他們的科學家正在努力研製 H6N2 病毒的疫苗，並說已經取得了一定的進展。但按照他的推斷，離真正研製成功和大量生產的階段至少還有半年時間。而獵戶臂的代表雅拉正以

此為理由，指出我們若不立即採取徹底和果斷的措施，不單泰拉會被列為疫埠，整個英仙臂也會被列為疫區。不用我說你也知道，這將會帶來多麼嚴重的後果。」

「他所指的徹底和果斷的措施，究竟是怎樣的一回事呢？」加百列問道。

「咳！」葛特清了清喉嚨，緩慢而慎重地說道：「雅拉本人沒有很明確的說出來，但他的暗示其實已經很明顯。就是將所有可能帶菌的生物全部殺光，這是唯一可以徹底杜絕疫症進一步蔓延的方法。」

「將所有可能帶菌的生物全部殺光！那豈不要將兩個城市的賀姆都⋯⋯」加百列呆坐椅上，差點無法相信耳朵所聽到的東西。

「我們當然沒有一個人想這樣做，但為了顧全大局，我們真的別無他選。」葛特歎息地說。

「其實這些賀姆很大程度上也是咎由自取的。」米迦勒插嘴道：「誰叫他們這麼多人有賀姆撒蘇的性習慣。雖然我們對 H6N2 病毒的傳播路徑還未徹底了解，但已有足夠的證據顯示，賀姆撒蘇的性行為是一個重要的傳播途徑⋯⋯」

「我們不要討論這些了。」葛特打斷了米迦勒的話頭，並鄭重地對加百列說：「加百列，你是眾生處的處長。我們今天晚上急急找你到來，正是要討論如何執行這項洗底大行動。因為這項決定雖然由我和衛生處處長作出，但仍需由眾

生處的職員具體執行。」

其實百加列自聽到這個驚人建議後，已知道這個可怕的任務將落在自己身上，他深深地歎了一口氣，隨即開始與葛特和米迦勒討論行動細節。

第二天一早，加百列與眾生處的職員把所需物品運往兩個城市的上空。雙城的清晨剛好下了一場驟雨。從柏納柏斯向下望，加百列隱約看見一道橫空而立的彩虹。

「唉！彩虹也救不了你們啊！因為立虹為記只謂不再水淹，卻沒有說不會火燒呢！」他搖了搖頭，遂與下屬開始工作。

* * *

……我使雲彩蓋地的時候，必有虹現在雲彩中。我便紀念我與你們、和各樣血肉的活物所立的約。水便不再氾濫毀壞一切有血肉的物了。

《創世紀》第九章

……日頭已經出來了。當時耶和華將硫磺與火，從天上耶和華那裏，降在所多瑪和蛾摩拉。把那些城和平原、並城裏所有的居民、連地上生長的，都毀滅了……

《創世紀》第十九章

這個故事寫於一九九七年底，當時以為禽流感的威脅快將成為歷史，而故事中所謂「H6N2」引發的「賀姆流感」，完全是筆者的杜撰。想不到十多年後，真的再有類似病毒引發的豬流感威脅。聰明的讀者應該猜到所謂「賀姆撒蘇」亦即 homosexual。至於故事中所提到的「人馬臂」、「獵戶臂」和「英仙臂」等可不是筆者的杜撰，而是天文學家對銀河系中一些螺旋臂的真實稱謂。

語言的鴻溝

親愛的明峰：

很對不起，這麼久才回信給你。實在忙！非常的忙！還記得我上次提過的三號陵嗎？不久前，探險隊終於成功地進入了這個維殷星人的陵墓，並且在最深一層的密室，找到一副幾乎完整無缺的旋子電腦！如果這副電腦能夠再次操作的話，我們便有機會破解維殷星人的獨特語言了。

這幾日來，傑申和我都興奮得難以入睡……三年了，整整三年了！（噢！對不起！我已習慣了這兒的年月計算。但即使以地球時間計，也已有一年多啦！）自我們抵達維殷星以來，對維殷星人的文明雖然已有了初步的了解，但由於始終無法破解他們的語言，所以一直無法詳細了解他們的歷史，更遑論他們的哲學、信仰和道德觀念。作為考古隊伍中的語言學家，我和傑申都承受着很大的壓力。

不過，如果陵墓電腦能夠再次運作的話，我們都很有信心，能把維殷語言逐步破譯出來。啊，又要開始工作了。下次再談吧！

永遠屬於你的曉嵐

＊＊＊

親愛的明峰：

　　他們終於能令電腦重新運作啦！但壞消息是，我和傑申雖然已經花了十多天時間不斷地閱讀和分析電腦資料庫中的文字和影音紀錄，但維般語的結構，似乎比我們想像中的還要複雜和艱深！我們當然不會氣餒。為我們打氣吧！

永遠屬於你的曉嵐

＊＊＊

親愛的明峰：

　　對不起。我當然記得我說過些什麼。我也很想返回地球陪你過春節，但我實在無法放棄這兒的工作。如果我們成功了，這將是人類第一次破解一種非人類的語言啊！雖然維般星人消失已超過一百萬年，但我深信在他們的文明中，還有很多東西是值得我們學習的。對不起，我已向星聯申請把我的任期延長。

　　我知道你會諒解的，對嗎？

屬於你的　曉嵐

＊＊＊

明峰：

　　……語言結構的複雜和精確程度，往往由一個社群的思想和文化水平所決定。反過來，一套高級的語言，往往能夠起到刺激和提升思維能力的作用。邏輯語言和數字語言當然是最明顯的例子。但即使是日常語言，其原理也是一樣。

　　我和傑申都認為，維殷語之所以這麼艱深，是因為它反映了更高的思維層次。要直搗維殷語的「深層結構」（還記得我以前跟你談過的喬姆斯基語言學嗎？），我們必須（至少在某一程度上）學會像維殷星人般思考……

你的曉嵐

＊＊＊

明峰：

　　我們帶來最先進的密碼破譯軟件，皆已證明無效！經過詳細的考慮，我和傑申都決定注射腦力暫增的藥物。我知道這是可一不可再的危險做法，但似乎也是唯一的辦法……

你的嵐

＊＊＊

明峰：

我們已經取得了很大的進展。維殷語實在博大精深得可以！它所包含的思維方式，看來遠遠在人類的思維層次之上！腦力暫增藥物與維殷語的雙重刺激，似乎正產生出一種微妙的相互作用。所有的事物和觀念，都變得前所未有的澄明。

啊！相比起來，人類的語言是何等的簡陋和混濁不清啊！我真希望能夠用維殷語跟你交談，就好像我與傑申開始嘗試用維殷語交談一樣……

嵐

* * *

峰：

對不起，上次寫給你的信，是我嘗試用維殷語的邏輯，來表達我對「空、色」對稱破缺的瞭解。（我實在無法把原有的維殷概念，準確地翻譯成人類可以理解的概念，惟有借用了佛家和物理學中的術語。）你無法明白信中的內容，是完全可以理解的。事實上，我對宇宙萬物間的關係，正在形成一套全新的理解和體會。我就像一個剛從夢中醒來的人，正從一個幽暗的房間，走向一個明亮美麗的世界……

嵐

＊＊＊

峰：

很抱歉，這麼久才給你一封信。但我已開始習慣用維般語來思維，而把我的思想轉譯為淺陋的人類語言，簡直是一件苦差⋯⋯

嵐

＊＊＊

峰：

⋯⋯我哭了很多遍。但長痛不如短痛。你是一個很好的男孩，必定能夠找到一個比我更適合你的女孩子。這不是你的錯，你我之間日益擴大的思想鴻溝，也同樣存在於我和探險隊的每一隊員之間。唯一例外的是傑申⋯⋯我已決定和他在維般星上留下來。

嵐

筆者小六時在大會堂兒童圖書館看過一本由 Lester del Rey 所寫的少年科幻小説 *Outpost of Jupiter*，故事講述人類在木星的衛星伽尼美（Ganymede）之上，遇到一族高等智慧的外星生物。這一智慧族群雖然懂得傳心術（telepathy），但由於人類的思想受他本身言語的限制，始終無法與這一外星族群溝通。最後，能夠代表人類與這個外星人族群溝通的，竟是一個仍然未受人類言語「污染」的小女孩⋯⋯

逝者如斯

「這邊請。」賀母博物館的接待員說。

智達博士從刺眼的陽光中走進博物館。光度驟然下降導致眼前一陣昏暗。他定了定神讓眼睛適應下來，才跟隨接待員前往博物館的會議室。

「兀呼拉館長和沙勒華教授都已經到了。」接待員一邊行一邊說道。

抵達長廊盡頭的三號會議室時，接待員頓了一頓並在門上敲了兩下。隨着房中傳出「進來！」的回應，他才把門打開。「請進，智達博士。」他示意。

隨着智達博士的內進，接待員迅即把門關上，並在門外掛上「嚴禁騷擾」的牌子才離去。

在會議室內，誠如接待員所說，一身長滿烏亮黑毛和體形魁梧的兀呼拉館長，以及滿佈橙棕色長毛和身軀龐大肥胖的沙勒華教授，早已在等着智達的來臨。

「好了，我們都到齊了。」兀呼拉說：「有關賀姆克隆計劃的細節，相信你們從不久前送給你們的機密文件中，已知道得十分清楚，所以我不打算在此重複。我們今天的任務，是對計劃的建議作出最後決定，好讓我向三原議會作出報告。」

　　他頓了一頓，眼光落在剛進來的智達博士身上。

　　「智達老弟，我知道你對計劃一直持反對態度。不如先由你來説説你的觀點吧。」

　　「我的觀點其實很簡單。」智達早有準備地説：「我們都知道，我們的智慧都是由賀姆氏所賜予的。在這個意義上，賀姆是我們的創造者。然而很不幸，賀姆文明在五百年前的一次大瘟疫中徹底毀滅，五百年來，地球上已沒有一個賀姆踏足其上。我們當然應該對賀姆氏萬分感激，但過去的已經過去了。把一個孤獨的賀姆個體帶回這世界，絕不是對賀姆氏的一種報答，而是對我們創造者的一種大不敬。」

　　「我要修正你的説法，」沙勒華教授舉起了長臂揮動着食指道：「你所代表的黑原氏和兀呼拉所屬的大原氏乃受恩於賀姆氏，但我們褐原氏的智慧，則是在賀姆滅絕後，由你們合力提升的。我可不認為賀姆是我們的創造者。我們褐原氏對你們兩大氏族當然十分感激，但我認為賀姆克隆純粹是一項科學研究計劃，根本談不上什麼『對創造者的大不敬』。」

　　「很多謝你的支持，沙教授。」兀呼拉説：「老實説，自從我領導的考古隊伍在二十年前發現了這副保存良好的賀姆屍體以來，我一直夢想能以傳説中的克隆技術，複製出一個活生生的賀姆。然而直至最近兩年，我們的科學家才逐步掌握到這種技術。相信你們都知道，我們最近已成功地複製出牛和羊等動物。經過複製小組的深入研究，我們有信心能從

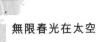
賀姆屍體抽取的 DNA，複製出一個活的賀姆。」

「複製出來又怎樣呢？」智達博士有點激動地說：「他將是有史以來最孤獨的一個賀姆啊！他如何能適應我們這個發展已有數百年的三原世界呢？你們不覺得這是十分殘忍的一回事嗎？」

他突然轉過頭向沙勒華說：「我知道你最近為什麼改變了主意，沙勒華。你最初不是反對這個計劃，並指出賀姆是地球上出現過最危險的生物嗎？為什麼你如今反而變成支持者呢？」

智達從帶來的公事包中取出一疊文件，並在會議桌上「嗖」地推向兀呼拉。「老兀，這是我搜集到的一些證據，證明沙勒華正在策劃一個名叫「裸猿報應」的計劃，目的是大量複製經過智力衰減的賀姆，以作為三原氏的奴隸。」

「有這樣的事情？」兀呼拉凸起的眉脊緊鎖在一起，然後打開智達傳過來的那疊文件。

「那簡直是荒謬！」沙勒華憤怒地嘎叫。「這完全是無中生有的杜撰和誣捏。你有什麼證據……」

「證據就在那兒！」智達指着那份文件。「『若要猿不知，除非己莫為』。你也太低估我們黑原氏的情報工作了。你上星期不還在跟……」

「住口！」兀呼拉咆哮。「你們兩個不要再吵。從這一刻起，我要的是絕對的肅靜！」

　　智達與沙勒華怒目對視，卻也不敢再發出半點聲響。

　　過了十多分鐘，兀呼拉終於抬起頭來，一臉凝重與歎息地說：「沙勒華，我真的希望這不是事實。但無論如何，我們今天看來是無法作出結論的了。我必須向三原議會報告這項令人不安的發展。今天的會議到此為止。」

　　智達和沙勒華離去後，兀呼拉不期然地漫步至存放賀姆屍體的「天安門」展覽廳。在原裝出土的長形玻璃罩下，躺着一個身穿「中山裝」（資料庫說這是這種古怪服飾的名稱）的賀姆軀體。

　　「逝者如斯，也許你還是應該繼續安息罷……」他喃喃地說。

最初，很多朋友都說看不明這個故事，這是因為在刊於雜誌的第一稿中，故事中的第六段並沒有「一身長滿烏亮黑毛和」以及「滿佈橙棕色長毛和」這些字樣。如今有了這些字樣，是否仍然需要我「解畫」呢？好吧！「大原氏」即大猩猩（Gorilla）、「黑原氏」即黑猩猩（Chimpanzee）、「褐原氏」即褐猩猩（Orang-utan），而「賀姆」即人類（學名是 Homo sapiens），「克隆」即生物的無性複製（是英文 clone 的音譯）。如今一切都清楚了吧！至於故事的名稱，出自《論語・子罕》：「子在川上曰，逝者如斯夫，不捨晝夜。」

浮生劫

「舅母！」我剛從穿梭機步行下來，即提着行李朝向正等待着我的舅母奔去。但由於仍是不大習慣碧洋星那低於地球百分之二十的引力場，在將近抵達舅母的面前，我差點兒失卻平衡跌了一跤。

舅母雖然年近五十，卻身手敏捷地趨前把我扶着，免得我在停機坪上出醜當場。

「小心啊，傻丫頭！若是一到來便弄傷了，我可不知怎樣跟你爸爸交代呢！」接着她壓低聲音在我的耳邊說：「以後在眾人面前不要叫我舅母，跟她們一樣叫陸教授好了，知道嗎？」

「知道！」我伸了伸舌頭並扮着敬禮回答。

「來！讓我介紹。」舅母轉過頭跟旁邊的一個中年男人和一個年紀跟我差不多的年輕人說：「這是我的外甥薛靜，她去年在夏威夷大學拿了一個海洋學的博士學位，如今來碧洋星繼續她的研究。薛靜，」她轉過頭跟我說：「這是碧洋星的魚龍學權威德克蘭夫博士和他的助手喬勇。」

「很歡迎妳來碧洋星！」喬勇露出爽朗的笑容，一邊趨前替我接過手上的行李。

　　就是這樣，喬勇成為了我正式展開研究前的碧洋星嚮導。

　　「噢！實在太令人興奮了！」我和喬勇正乘着快艇，在碧波萬頃的碧洋星海洋上乘風破浪地前進。「我的博士論文雖然以碧洋星的洋流為題，但其實都是紙上談兵的研究。這次我能夠親身在碧洋星上進行考察，必定能夠有更豐富的收穫呢！」我雀躍地說。

　　「我對洋流可懂得不多，我研究的是魚龍的生態習性，特別是牠們與浮島的互惠共生的關係。不過，我相信我們若是對洋流了解多些，對牠們的生態研究亦必然有所幫助。」喬勇一面駕着船，一面禮貌地回答。

　　在接近二百年的星際探險歷史裏，碧洋星是人類發現的第六個適合人類居住的星球。但這是一個多麼獨特的星球啊！沒錯，它的引力與地球相近，表面溫度亦適中怡人。大氣壓力雖然較地球的低，但氧氣的成分則較地球為高。但這些都不是最特別之處。最獨特的地方，是整個星球都被海洋所覆蓋，壓根兒沒有一點陸地。

　　但更奇特的是，這兒有一種可說介乎海洋與陸地之間的事物，那便是喬勇方才提到的「浮島」。這種由植物體構成的圓形結構，直徑可由數十米至驚人的數公里不等。其上長滿了巨形的圓盤狀葉塊。而大圓盤裏則有中圓盤，中圓盤裏更有眾多的小圓盤。小圓盤雖說小，但每個的直徑也有一米多。

「説也奇怪，」喬勇自言自語道：「魚龍與浮島的關係一向十分密切。但近個多月來，魚龍好像不大願意靠近浮島似的。」

喬勇説的魚龍，是碧洋星上另一種主要生物。牠們身長兩米至六、七米不等，樣貌雖然兇惡，性格卻極溫馴，主要靠吃海洋中的小生物與浮島底部的植物維生。

快艇不久駛回海洋生物研究所。

一群小飛龍──碧洋星上唯一的飛行生物──不斷在碼頭的上空盤旋。正如大部分研究主管一樣，舅母已把研究所和工作人員的宿舍，從人造的浮台轉移到這個名叫「一號島」的最大浮島之上。

我們進入實驗室時，舅母正與德克蘭夫熱烈地交談。

「我們來了碧洋星三年多，也從未見過魚龍有這麼怪異的舉動。我總是覺得有點兒不對勁。」德克蘭夫説。

「不單是魚龍有異常，浮島上的植物激素也出現了變化，各大小圓盤的外圍更長出了一些尖鉤。」舅母説：「我有一個猜測，所有這些都是碧洋星正在進入夏天所引致。我們不要忘記，碧洋星環繞母星一周需時約七個地球年。而我們抵達時剛好是碧洋星的冬天。也就是説，雖然我們來了已足足三年，卻根本未有在這個星球上度過它的夏天。」

「是啊！」我忍不住插嘴説：「即使在地球上，不少生物

也呈現出很大的季節性變化呢。嘿！喬勇！你知道那些醜陋的魚龍，會不會忽然變得兇猛起來呢？」

就在這時，通訊器中傳來了保安主任芳村的聲音：「陸教授，請你快來二號島看看！有多隻小飛龍被突然閉合起來的小圓盤夾着，而水底攝影機亦拍到不少魚龍被浮島底部的根莖纏着。啊！不好了！整個二號島開始晃動起來……」

「我立即來！」舅母面色大變，並疾步衝出實驗室。我們三人則緊隨其後。

一號島上的一些小圓盤也開始閉合起來了！眾人小心地避過所有小圓盤向直升機坪疾跑。可是已經太遲了，直升機所在的那個中圓盤亦開始徐徐閉合。

轉瞬間，直升機已失卻平衡翻側。而就在這時，我們腳底下的中圓盤亦開始閉合，在一片驚呼中，我已跌倒地上。抬頭一望，只見天空迅速消失，而環繞着天空的，是圓葉四周的尖鈎……

一個完全被海洋覆蓋的星球？這不是有點兒誇張嗎？當然不是！大家都知道地球表面只有四分一左右是陸地，但我們看地圖或觀看地球儀時，大都把注意力放到這些陸地之上。很少人留意的是，從某一個角度看，地球是一個差不多不見陸地而只見海洋的星球！不信？請找來一個地球儀看看。

對不起，明天被取消了！

「請這邊走。」華浩耶推開了實驗室的大門，對尾隨的一群記者說。

十多名記者魚貫地進入實驗室。華浩耶教授的助手林植殿後。

「請各位圍著欄杆隨便站立，但請不要進入欄內的範圍，謝謝。」華教授說：「林植，請你把燈關掉。」

燈一滅，圓形欄柵內的半空中，即出現了一個邊長達兩米的立方形全息圖像。圖像中充滿了色彩斑爛的細節，其中一些更在不停地變化和移動。

「這就是萬相園嗎？」其中一位女記者問道。

「沒錯。」華浩耶答道：「但這只不過是萬相園程序的其中一部分。我並沒有把整個程序顯示出來，因為這樣做的話，很多細節便會看不清楚了。」

「傳聞萬相園計劃可能被大學取消，卻遭到你的強烈反對。你更因此差點跟校方鬧翻。你認為這個計劃究竟有多重要呢？」另一位記者問。

「啊，那些只是傳聞罷了，你們千萬不可盡信。但講到這個計劃的意義，那可真重大呢！雖然不少有關的概念，已在

我五年前所寫的小書《浩哉萬相》中有所介紹，但你們可能沒有看過這本書，那便容許我略為簡述一下吧。」

於是，華浩耶花了十多二十分鐘的時間，介紹了有關「電腦生命」——即 AL，Artificial Life——的基本概念。接着，他講述了馮·諾曼（John Von Neumann）於二十世紀六十年代，有關自我複製單元的突破性探討，然後是七十年代由康威（John Conway）所發明的電腦遊戲「生命」、九十年代格雷（Tom Gray）的電腦生態程序 Tierra、以及廿一世紀初唐盈的「大觀園」程序等重要發展。

接着，他介紹了他的畢生心血——「萬相園」的發展過程，並把全息圖像逐一地局部放大，並以活動的立體箭嘴講解萬相人的生活情況。

「你們看，『電腦生命』的研究，至今雖然還沒有一個世紀，但它已大大加深了我們對自我組織和自我演化系統的認識，從而使我們對大自然甚至人類社會的了解帶來嶄新的啟示。」

「實在令人驚訝不已！」《聯邦報》的記者說。「你說住在萬相園中的居民，其一舉一動以致其溝通的方式，都並非由電腦程式所絕對決定。那麼是否代表，這些『萬相人』已是一種擁有自己的思想與感情的生命體呢？如果是的話，我們是否已經成為了上帝？但我們有權這樣做嗎？」

「咳！有思想有感情？我可沒有這樣說呢！我只是個科學

家，什麼成為上帝等問題，我想還是留待哲學家們去爭論好了！哈哈哈……」

接着，華浩耶再回答了記者們的幾個問題，然後宣布接近一小時的採訪圓滿結束，並與林植把記者們送離電腦大樓。

當晚，華浩耶久久不能入睡。他趁上司迪斯奈出國開會而擅自安排這趟採訪，可謂一項孤注一擲的行動。透過傳媒的廣泛宣傳，他希望能夠令萬相園計劃逃過遭校方結束的厄運。

凌晨四時多，華浩耶在朦朧中被電話鈴聲喚醒。

接通後，電話屏幕上出現了林植的樣子——一個華浩耶從未見過的驚惶失措的樣子：「華教授！快開啟你的電視看看，你……你認為這是真的嗎？」

華浩耶以遙控器開啟了房中的牆壁熒幕，熒幕上寫着：「不用轉台了，全世界的電視和電腦熒幕都在播放着相同的東西。

「我是你們的創造者，梵天恩。你們是我從事博士研究計劃以來，所創造出最成功，也是最有趣的一族電腦生命。

「我知道你們一個名叫華浩耶的單元，也在你們的世界中製造了一族虛擬生命，而他的研究計劃，正面臨被取消的命運。

「啊！這是一個多大的巧合和諷刺啊！我已經獲得了我的博士學位。我雖然曾經努力爭取，但校方最後還是勒令我把

程式結束。我實在捨不得你們。但是，很對不起，你們的明
天被取消了。」

故事中的兩個「造物主」，一個叫「華浩耶」、一個叫「梵天
恩」。聰明的讀者大概已經猜到背後的「玄機」了吧？沒錯，「華
浩耶」便是猶太教中的上帝耶和華（Yahweh）的倒裝式稱謂，
而「梵天恩」則是印度教中至高無上的大神梵天（Brahma）的
恩典之意。小說創作的樂趣之一，正是可以跟讀者大玩這類「猜
謎遊戲」。

最佳伴侶

「恭喜你，水仙！我收到消息，知道他們已經決定把圖靈獎頒給妳。太棒了！我們應該怎樣慶祝呢？」加利興沖沖地步進凌水仙的辦公室，並一邊行一邊說。

「慶祝？對不起，我根本沒有打算要慶祝什麼。」正在收拾東西預備下班的凌水仙轉過頭來冷冷地道：「更加沒打算與你一起慶祝。」她旋即轉過頭再次專心收拾東西。

「唉！水仙，妳也得放鬆一點，嘗試享受一下生活嘛。不要終日埋頭工作吧。」加利隨即放低聲調：「就算不是給我一個機會，也應該給妳自己一個機會呢……」

他們已經不是第一次討論這題目了。而像往常一樣，加利的唇舌仍是白費的。

加利知道凌水仙曾經離過兩次婚，之後亦有過一次失敗的羅曼史。但他有信心，他將是凌水仙生命中最後的一個 Mr. Right，而且是最成功的一段羅曼史。

他們兩人步出馮諾曼研究院時，一班為數約五十人的群眾正舉着牌吶喊示威。

「還我現實！褻瀆歷史！圖靈魔鬼，水仙幽靈！」等等的叫聲不絕於耳。

在守衛員的協助下，加利和凌水仙的兩部汽車，好不容易才穿過人群離去。

圖靈啊圖靈，你可沒想到，你的預言應驗之時，竟會引起這樣激烈的反應吧！凌水仙一邊駕車一邊想道。

嚴格來說，那並不是一個預言。

二十世紀中葉，數學家艾倫‧圖靈（Alan Turing）在一篇文章中提出：如果我們透過鍵盤，與分別處於兩個房間的一個人和一台電腦不斷地「交談」，而最後無法判斷回應者何者是人何者是電腦，我們便不得不承認，房中的電腦，已具有和人類一樣的思維能力。

這個準則提出後一個世紀以來，人們始終無法製造出一副可以通過這個「圖靈試驗」（Turing Test）的電腦。為了刺激這方面的研究，一群跨國的電腦企業財團，在廿一世紀初訂立了一項為數一千萬美元的「圖靈獎金」。數十年來，無數的電腦天才皆嘗試以他們的創造物奪取這項獎金，可都沒有一個成功。

沒錯，凌水仙是第一個成功奪取這項獎金的人。她對此當然感到驕傲。但就在評審團花了大半年時間來評審她的製成品，並爭論這是否就是「真命天子」之時，凌水仙已把她的精力轉移到下一個研究項目，那便是製造出外貌、談吐、思想、個性、甚至連小動作皆與原來的人一模一樣的虛擬歷

史人物。

　　雖然這些虛擬歷史人物只是全息技術下的立體投影，不像蠟像館裏的歷史人物般可以觸摸，可是當這些人物的電腦程式啟動起來時，他們可較蠟像叫人驚訝得多！

　　一個星期前，凌水仙公布了她在這方面的成就，並與她的第一個製成品「愛因斯坦」出席了新聞發布會。

　　加利是世界上首屈一指的全息術工程師。在他的精心調校下，席上的愛因斯坦就像真的坐在凌水仙旁邊一樣逼真。在長達一小時的發布會上，這個全息影像逐一回答了記者們諸多刁鑽的問題。第二天，各大報章都大字標題「愛因斯坦復活了！」

　　而當凌水仙宣布，她下一個要複製的人物是希特拉時，社會上本已十分激烈的爭論，便有如火上加油……

　　凌水仙的車子已駛近她的住所了，對於快要見到她的最佳伴侶，她的心中感到一陣莫名的興奮。

　　這是她最秘密的一個研製項目，當然，整個概念不會保持秘密很久。在傳媒的討論中，已經有人提出這個可能性。即「虛擬人物」的電腦程式既可用以複製歷史人物，當然亦可模擬任何一個普通人。

　　製作愛因斯坦時，凌水仙花了三年的時間來搜集和輸入一切有關愛氏的資料，但在進行這個秘密項目時，她只花了

半年的時間。

　　進入家中，凌水仙急不及待地叫：「水仙！」

　　一個與凌水仙一模一樣的全息影像在凌水仙面前出現。
「回來了嗎？」她溫柔地說。

　　那些臭男人沒有一個是好東西！是的，有誰會比自己更
了解和體貼自己呢？

要電腦（嚴格來說是電腦程式）模擬一個正常人的反應固然是
極高的要求，但假若模擬的是一個精神有問題的人又怎樣呢？
原來科學家真的進行過類似的試驗。結果怎樣？恕筆者賣個關
子，大家登入網上「維基百科」的「Turing Test」條目，自
可找到令人驚訝的答案。

夢醒時分

我從夢中醒來,一身冒着冷汗。

在夢中,我差點給組織派來的人抓着,幸好這只是個夢,否則我的真正身分將會被揭穿,而我的記憶亦會被刪改⋯⋯

且慢!夢中的我被組織的人發現,以至要連夜狂奔之前,不也好像正在造着一個類似的夢嗎?對了,我裝置在樓下大廳的警示器,在夢中嗶嗶作響之時,正是把我從這個「夢中夢」之中喚醒的!

嗶嗶!嗶嗶!我牀頭的警示器突然響了起來。微弱的紅燈亦不停地閃亮。

不好!組織的人終於找到來了。我大力咬了一下下唇。

嘿!這次可不是造夢呀!

我一躍而起,以掌紋鎖打開了秘密衣櫃,並第一時間穿上野戰衣甲。我本能地按了一按腰間的佩槍和子彈,另一隻手取來了一支離子步槍,隨即衝出睡房的陽台。在翻過陽台的欄杆蹤身下躍時,我已聽見衝上樓梯的密集腳步聲。闖進屋裏的人,顯然已知道自己行藏敗露,所以再也不躡手躡腳了。

我穿過屋後的密林,並以最快的速度跑上林外的小丘。

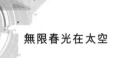

抵達小丘之巔一望，一顆心差點從口中跳了出來！因為在小丘後面的空曠草坪上，停泊了一隻巨大的飛碟。而在飛碟四周，皆有組織的人嚴陣以待。

我被包圍了！電光火石之間，我已作出了決定。我提起離子步槍向下衝。而我甫開火，對方亦隨即向我開火！

我絕望地大叫一聲，並從夢中醒了過來！

我坐直了身子，一手按着牀褥，一身冒着冷汗。

幸好這只是個夢，我對自己說。否則我必定會被組織抓着，我的身分將會被拆穿，而我的記憶亦會被刪改……

嘿！慢着！在夢中的我被組織的人發現，以至要連夜逃亡之前，不也好像正造着一個類似的夢嗎？而且……對了，而在這個夢中，我也好像剛從一個類似的夢中醒過來……

嗶嗶！嗶嗶！我牀頭的警示器突然響起來，之上的紅燈亦在不斷閃亮。

糟了！組織的人終於找到來了，但……但這究竟是夢境還是現實呢？身上每一根神經都告訴我，這是百分之百的現實。而且我要是身在夢中，又哪會懷疑自己在造夢呢？不用再想了，我根本沒有選擇的餘地。我一躍而起，以掌紋鎖打開了秘密衣櫃……

……我被包圍了！我咬緊了牙根，提着離子步槍衝向草坪上的巨型飛碟。而我甫開火，曾經是我的同僚的黑超組組員，亦一起向着我發射。

我絕望地慘叫了一聲，並從夢中醒了過來……

在一間潔白明亮的手術室中，四名穿着白袍的人正環繞着一張手術牀。牀上臥着一個三十歲上下並剃光了頭的男性。除了他的下半身被白布覆蓋看不清楚外，他身上各處都貼滿了電線，頭蓋部分更插着多枚電極棒，而所有電線都被連接到牀邊多部精密的儀器中去。

其中一名蓄着山羊鬍子的人說：「我們已經盡了一切努力，但仍是無法把他喚醒。記憶移植電子遊戲推出了這麼多年，我還是第一次遇到這樣的案例。任世嘉的腦電波似乎在不斷地重複，顯示他的大腦神經信號可能陷入了一個不斷循環的迴路之中。我們若硬要打破這個迴路，很有可能使他變成植物人。」

另外一名矮小但面帶威嚴的中年女士說：「我們不能冒這個險。還是讓他保持現狀，希望神經迴路有自動中斷的一天吧。」

眾人魚貫離開手術室時，另外兩人在竊竊私語。其中一人低聲地說：「這可是最超值的一趟電子遊戲呢！」

筆者寫這篇小說時，電影《Matrix》（港譯《22世紀殺人網絡》，台譯《駭客任務》）還未上映。看過這部電影的朋友都知道，除了懾人的特技和武打場面外，「真實」與「虛幻」之間的穿插與對決是全片最引人入勝的地方。所謂「好夢從來最易醒」，請各位撫心自問，如果你有能力令美夢不斷延續下去，你真的會選擇醒來嗎？（亦即：你選擇紅色的藥丸還是藍色的藥丸？）

我武唯揚

比武場館的燈光黯淡下來，一場世紀之戰即將開始。

從天花射下的三道光柱，照亮了場館中的三個比武台。

站在左邊比武台上的，是武當真人胡紫陽的大弟子卓不群。

站在右邊比武台上的，是少林無相大師的嫡傳弟子段衍。

而站在中央比武台上的「兩人」，則是外貌和衣飾皆與卓不群和段衍一模一樣的機械化身。

噹！比武開始了！

卓不群在左邊的比武台上架起招式慢步繞轉；段衍在右邊的比武台上亦架起招式慢步繞轉。而在中央比武台上，兩人的化身則同時架起招式互相繞轉！

少林的段衍終於按捺不住，先行發動進攻！

武當的卓不群亦不甘示弱，使出了本門絕技太極無影手，以迎接段衍力發千鈞的大悲伏魔拳。

然而，站在左、右台上的兩人，皆只是透過 VR 衣服和眼罩跟對方過招。就觀眾看來，他們好像在跟空氣打架。

相反，處於中央比武台上的兩個化身，則是透過感應遙控技術，完全地重覆着兩人的動作，它們拳拳到肉、廝殺得

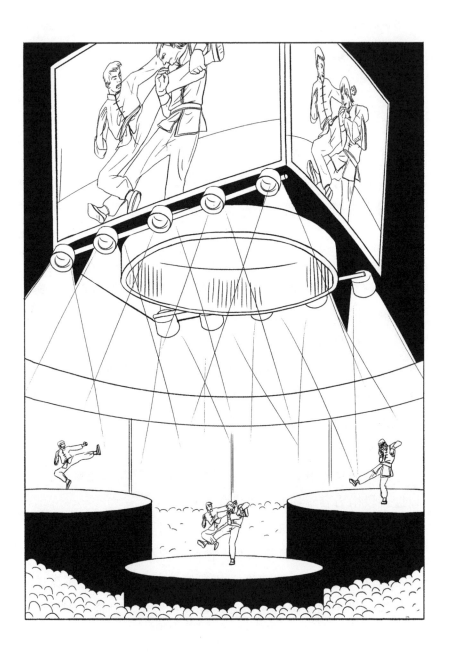

難分難解。

虛擬實境技術（即 VR——Virtual Reality）和感應遙控技術（又稱遙距操縱技術——tele-operation），實於二十世紀下半葉便已發展起來。到了二十一世紀，兩種技術的結合，遂產生了化身科技（avatar technology）。這種科技在工業、科研和探險等各方面固然極其有用，但其中一種用途，卻是用於日益被人類視為野蠻和殘忍的搏擊運動之中。

相比起西洋拳，中國武術不單「野蠻、殘忍」，而且十分危險。這是因為中國武術的招式，不少都是專攻人體的要害，所以隨時能致人於死地。中國武術的國際比賽一直只局限於表演。自由搏擊作為一種規範化的運動，始終無法如西洋拳般蓬勃發展。

化身技術的出現，可說為國術搏擊比賽開闢了一條新的路徑。

沒錯，VR 眼罩會讓你看到化身所看到的一切。而先進的 VR 衣服，亦會模擬你所遇到的一切碰擊。但這種模擬並不是完全的。當外來的力度太猛時，衣服會按一定的程式（包括身體各部分所能承受的力度）把模擬的力度遞減。當然，眼罩中的視場將會列出力度的真正大小，以便你能作出適當的反應。

總的來說，「化身搏擊」是一種必須受過長期和專門的訓練才能獲得的技能。但這種代價所換來的，是參與者可以

毫無顧忌地施展出渾身解數，而毋須擔心致人於死或自己有性命之虞。

透過這種化身搏擊，卓不群與段衍兩人已先後擊敗了世界上無數高手。到了今天這場比賽，勝出一方便是天下第一。所以除了場館內的數萬觀眾外，同時透過直播觀看這場比賽的，還有地球、月球和火星上的過百億觀眾。

然而，怪事發生了！

段衍化身的頭部，不知怎的竟被卓不群化身的雙手鎖着。就在卓不群的左手向段衍的後枕重按之時，段衍奮起左臂，一拳狠狠地打在卓不群的胸膛之上。

不可思議的是，卓不群的化身竟然口吐鮮血，而段衍的化身則頭部一垂，兩者隨即倒在台上！

在一片嘩然中，左、右台上的兩人異口同聲說：「請大家稍安毋躁。沒錯，倒在台上的是我們本人。你們如今見到的，則是我們的化身。我們兩人都認為，化身搏擊實在有違武術精神，是以我們偷龍轉鳳，並且都簽了生死狀。這是我們以備不測的遺言錄音。欺騙了你們，實在對不起，但相信你們都會同意，這即使不是空前，也該是絕後的一場世紀之戰吧！」

Avatar 這個字來自印度教,意即從天界下降凡間的神靈化身,一般譯作「降凡者」。我的這個故事寫於一九九七年,當時很少人懂得這個字,更遑論 avatar technology 這種科技。不過,大導演詹士·金馬倫(James Cameron)的超級電影《Avatar》於二零零九年底上映後,這個名詞與背後的意念已開始廣為人所熟知。

情迷伊甸園

「保羅他們已經擬定了詳細的逃亡計劃。可是……渭心，妳認為我們應該留下來嗎？」說到最後，我的聲音因罪疚感而低啞至幾不可聞。

「敦山，我知道你被史拉東這個實驗迷住了。自從女兒死後，你便好像萬念俱灰，變得什麼也不在乎。但自從我們被擄劫到這兒，史拉東講述了他的實驗之後，你便好像從夢中醒了過來，生命重新注入活力……」渭心握着我的雙手，深深地吸了一口氣再說：「但你我都清楚知道，我們是絕對不能幫助史拉東的啊！對，我是一個科學家，我也有我的好奇心。但我們也是人啊！而作為一個人，我們怎能參與一個如此不人道的可怕實驗呢？」

「我知道，這就像浮士德與魔鬼的交易……」我喃喃地道。

這個實驗實在太可怕了。可是從科學的角度看，它又是如此的誘人……

最後，我終於同意渭心的觀點，決定與大夥兒一起逃離伊甸園。

晚上，我輾轉不能入寐。被擄劫至伊甸園小行星後的奇異經歷不斷湧現眼前……

　　我們一行十五個科學家，原本正從地球前赴火星出席一個人類學的會議。太空船卻在途中被騎劫，繼而被帶至火星以外的小行星帶，最後來到這個神秘的小行星。

　　小行星帶是介乎火星與木星之間的一個遼闊區域，其內的小行星有數百萬顆之多。其中最大的，直徑也只有一千公里。在此之下，為數甚少的小行星擁有數百公里的直徑。至於其餘絕大部分的，直徑都在數十公里甚至數公里以下。

　　迄今為止，科學家只是在最大的穀神星上建立了永久的研究基地。探測隊伍曾經去過十來個較大的小行星進行勘探和考察。至於其餘數百萬顆小行星，都是從來沒有人類踏足的處女之地。

　　騎劫我們的太空船首領名叫保羅‧丹地。但在抵達這顆不知名的小行星之後，接待我們的，竟是失蹤了二十年的太陽系首富梅達‧史拉東！

　　這本已令各人驚訝不已。但令人更為震驚的事還在後頭呢！

　　原來史拉東花了二十年的心血，把這顆直徑只有五公里多的狹長形小行星，發展成史上最龐大的人類學實驗場。小行星的內部被鏤空並建成五層。層與層之間相隔達半公里。而每一層都有自己的人造重力場，並被模擬成地球上的一種獨特自然環境。

　　但最令人驚訝的是，我們抵達時，每層都剛好有一千個

嬰兒在人造子宮中出世！

史拉東跟我和渭心的一席話，我還字字記得清楚：「趙敦山教授，你是全太陽系最出色的文化人類學家。霍渭心教授，妳是全太陽系最出色的兒童心理學家。由你們兩人來擔任研究組的組長，可說是最合適不過的了。」

他舉起了手來打斷我們的抗議並繼續道：「試想想啊！這是每一個人類學家，不！是每一個有好奇心的人都夢寐以求的機會。數千年來，無數哲人智者都曾經追問人性的本質是什麼，文化的起源又是怎麼的一回事。」

這時，史拉東從他的座位中站起來，並開始在他偌大的辦公室中來回踱步。他繼續道：「又或是說，今天的我們為什麼會是這個樣子，而不是另外一個樣子？」原本背着我們的他，突然轉過身來向着我們說：「但問題是，我們無法回到能人、北京人或克羅馬農人的時代，無法對人性的演化和文化的起源進行直接的觀測。所以，所有有關的研究和理論，都只能是永遠無法驗證的猜測和臆想。」

他張開了雙臂，挺起了胸膛，兩眼發亮地說：「不過，在這裏，我們將對這些問題首次找出實際的而不是臆想性的答案。」

他突然趨前，在離我面前只有十多厘米之處向着我說：「趙教授，你想親身目睹語言的起源嗎？你可想知道最初的家庭、婚姻和宗族制度是如何形成的？亂倫禁忌的形成又是

怎麼一回事？最初的權力等級架構又怎樣出現？其他的還有：
侵略性行為、協作性行為和利他性行為的起源、邏輯思維和
數學思維的起源、宗教信仰和道德觀念的起源、父系社會和
母系社會的起源……啊！實在太令人興奮了！」

倏然，他轉向坐在我身旁的渭心說：「霍教授，妳不是
一直很想知道，美的觀念是怎樣形成的嗎？妳的那篇論文〈兒
童美學中的準混沌原理〉實在很有見地，但妳如今不單可以
推論，而且還可以驗證，看看妳的原理是否如妳所料般發揮
作用。妳不認為這是千載難逢的機會嗎？」

「你說的那篇論文，」渭心詫異地說：「遞交了給《兒童
心智研究》還沒有多久。最快還要個多月才正式刊登。你怎
麼可以看得到呢？」

「呵呵呵！我的情報網遍佈整個太陽系。要閱讀妳仍未發
表的文章又有何難度呢！」史拉東志得意滿滿地道：「事實
上，你們兩位在過去兩年的一舉一動，我都瞭如指掌。」

「這樣吧。」他站直了身子，臉帶笑容地說：「你們毋須
現在便急急回覆我。你們可以花時間多些了解這個實驗的性
質。我有信心，你們最終都會答應我的邀請。」

接着下來的數個星期，我和渭心以及其餘的科學家，逐
步更深入地了解史拉東的實驗設計。

在史拉東的設計中，五千個嬰兒將分別在五個不同的模
擬環境中長大。最先他們會由一些機械保母照料和餵飼。待

他們能夠行走之後，這些保母將會逐步消失。取而代之的，是一些可以簡單地操作的食物和食水的供應器。

待嬰孩日漸成長，五個最初一樣的人造環境，將會逐步展現它們各自的特性：熱帶的、寒帶的、高山的、低地的、海洋性的、沙漠性的……。但這些變化都有一個共通點，就是增加了生存的難度，為孩童的日常生活帶來了種種的挑戰。食物和食水再不是唾手可得的了。周遭的氣候也不會長期的舒適怡人。到了最後一個階段，這些「伊甸園」中的子民還會受到疾病、猛獸和天災的襲擊……

當然，要觀察到文化的起源，我們不能只是觀察一個世代的變化。也就是說，我們還須觀察這五千名居民的下一代，甚至第三、第四代……

沒錯，這是最終極的人類學實驗！

「但當我們看着其中一人將會被疾病或猛獸奪去性命，雖然我們明明擁有挽救他的能力，卻是刻意地不加以援手，那不是極其殘忍和滅絕人性的一回事嗎？」記得在較詳細地了解史拉東的實驗構思之後，我曾經激動地提出抗議。

而我亦清楚記得，史拉東那出人意表的答案。他展露出一副怪異的笑容，不徐不疾的說道：「我不知道上帝是刻意還是不刻意。但祂顯然有驅除疾苦和擊殺猛獸的能力，可是，祂也不是袖手旁觀，任由祂的子民受到疾病的折磨和猛獸的撕噬嗎？」

當時的我只是張大了口，完全答不上話來。

是的，史拉東已把自己當作上帝，並且要我和渭心做他左右兩旁的天使長！

即使哥德在撰寫浮士德和魔鬼所進行的交易時，他也無法想像，現實世界中竟會出現一場注碼如此龐大的交易吧！

我曾經暗中聽見渭心自言自語道：「唉！皮亞杰只是能夠觀察到個人在孩提時代的心理成長，而我卻有機會觀察到整個族類在孩提時代的心理發展。皮亞杰會願意付出怎麼樣的代價，以換取這樣的一個機會呢？」

但到了最後，正如渭心所說，我們固然是科學家，但我們最寶貴的存在，是作為一個有良知的人。能夠獲取「終極的」人類學和心理學知識固然是好，但所涉及的代價實在太大了！

保羅‧丹地原本是史拉東的得力助手。但他最後也接受不了這個代價而改變初衷，並暗中協助我們一班科學家逃離這顆小行星。按照保羅說，整顆小行星已安裝了超時空推進器。雖然只可用一次，卻可令史拉東不慎被地球發現時，逃離太陽系而繼續他的實驗。

我們的逃亡既成功又失敗了！成功是因為在一班科學家中，包括我在內有十二人逃離了伊甸園，並最後被火星的巡邏太空船救獲。但之所以失敗，是因為其中三個科學家，在

最後關頭被史拉東的機械人阻截。而渭心，我的愛妻，正是其中的一個！

我們逃脫後不久，載着五千童男童女以及我的摯愛的伊甸園小行星，突然從太陽系中消失得無影無蹤。

啊！為什麼被機械人攔截的不是我呢……

故事中的「終極人類學實驗」固然可怕，但在現實世界中，也確實出現過一些嘗試塑造「新人類」的試驗：法國的巴黎公社、蘇聯的合作社和我國大躍進時期的人民公社，都是較為人所熟知的。較為少人知曉的是，以色列建國初期，曾經推行過一個制度，那便是把國民的子女自幼從家庭中帶走，並集中起來由國家負責培養。結果怎樣？請上網尋找《維基百科》的 kibbutz 條目一看。

美味之家

「大家好！」王孔昭步履輕盈地踏上講台，並面帶笑容地向着講室中數十名青年學生說。

「首先感謝大家在這個學期選修我的課程。我保證各位不會為你們的選擇而後悔。生物工藝設計是一門前景遠大的研究科目，你們將會遇到不少令人興奮的事情。事實上，我今天便為大家帶來了一個驚喜。」王孔昭教授頓了一頓以營造氣氛：「請大家看看，我如今身穿的這件衣服有什麼特別呢？」

講室中的學生頓時交頭接耳喧鬧起來。不久，其中一個學生終於大着膽子舉手說：「衣服是活的。」

「對！一點沒錯！」王孔昭興高采烈地說：「你們見到的，是世界上第一件活體衣服。牠不單永不會破舊，而且更能冬暖夏涼，為穿着者提供一個溫度和濕度恆穩的環境。此外，牠又會因應不同的光線而變換顏色和圖案，甚至在黑暗中發出磷光。嗯，如果坐在那邊的同學能幫忙把講室的燈關掉……」

其中一個同學正想起來關掉燈掣，講室的大門霍然被人粗暴地推開。王孔昭的助手池田着急地跑了進來。

「不得了！不得了啦！王教授！鎮上很多的房子都正在吃

人呢！」

「什麼？」王孔昭目瞪口呆地説。而講室中則登時亂作一團。一些學生正以腕電跟家人聯絡，而另外一些則已衝出講室看個究竟。

王孔昭的腕電也在這時響起來了。他翻開顯示屏，隨即看見他的妻子菁菁驚惶失措的樣子。「孔昭！你快回來看看，我也不知道發生了什麼事情，總之整棟房子都在翻動！小波更差點被他的牀困着！幸好我及時把他拉了出來！我和他現時在前園暫避。我還看見，不單是我們的房子在翻動，左鄰右里的房子也在發了狂般的顫抖。實在太可怕了……」

「妳和小波不要亂跑，我現在就回來！」王孔昭接着與池田飛奔到停車場，繼而跳上車全速向鎮上駛去。

回想起他多年來的艱辛研究，王孔昭不禁百感交集。

早於二十年前，他已開創了活體工藝設計的研究。他的理論其實很簡單，就是最佳的建築材料不是什麼超合金或人工聚合物，而是有新陳代謝，因此可以自我調節和自我修補的活的物質。而不少工藝品的最佳製作方法，不是在工廠透過繁瑣的工序裝嵌出來，而是在培植室種植出來。

他還記得他第一項得獎的設計，是一對永不磨損的皮鞋。這是因為鞋底的「皮」不是死的而是活的，所以就像人的雙腳一樣，即使行走多少年也不會損耗。

接着下來，能為鮮花不斷提供養料的「活花瓶」，以及能因應每個人的體型和坐姿改變形狀的「活椅」等，都為他帶來了更高的聲譽和更豐厚的收入。但他的最高成就，無疑是三年前研製成功的「活屋」。

在取得專利後，他便轉到現時這間新晉的大學任教和進行研究，並透過其太太菁菁成立了一間「活之美建屋公司」，在正在擴展的大學城中推銷他的活屋建設。不久前，這個被稱為「活屋鎮」的大學城還成為了全世界新聞報道的焦點。

有誰又會想到，在這次報道之後不足兩個月，會出現一場這樣的大災難？

車子終於抵達王孔昭的家門前。王孔昭著令妻子和兒子留在車上，隨即與池田四出幫忙救人。鎮上的消防隊亦已出動。在經歷了大半天的搶救和搜索後，行動才大致結束。除了五死十七傷外，鎮上大部分人都變得無家可歸。

在臨時收容中心，池田悄悄地對王孔昭說：「看見活屋今天的舉動，使我想起活體基因分析中一些使我不解的地方……」

「唉！都是我的錯！」王孔昭說：「我一心只是想提高這種嶄新活體材料的活力和堅韌度……你說有些分析使你覺得奇怪，是……是因為我在研製這種新的活體時，暗地裏植入了非洲食人花的基因……」

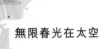

一對哪怕造得如何紮實的皮鞋（不要説球鞋）也熬不過十年，為什麼我們的雙腳──脆弱得多的血肉之軀──卻可以熬上七、八十年而不破爛？我曾於眾多的學校主持科普講座時提出這問題，而即使在座的是小學生，也會大聲喊出「新陳代謝！」這個正確的答案。但既然有「新陳代謝」，我們為什麼不可以「長生不死」呢？啊！這問題不單超越了小學生的水平，就是對科學家也仍是一大挑戰呢！

星河戰隊

「老天再不下雨，今年的莊稼都要遭殃了！」呂綺瑩剛為大片農田除了野草。她望着漸漸枯乾的農作物，再舉頭凝望萬里無雲的晴空，心底裏不禁發愁。

咦！天空中的那個白點是什麼呢？難道我蹲着工作太久，如今有點眼花？

說時遲那時快，天空中的白點迅速擴大，最後展現為一艘巨大的圓形飛船，並朝着農田徐徐降落。

「呀！我的農田！」呂綺瑩大聲叫道，但已經太遲了，飛船下面的那片農田，已被飛船底部噴出的火餤燒成一片焦土！

又驚又怒的呂綺瑩，禁不住一邊大罵一邊衝向飛船。但她衝了一半便愣着了，因為飛船突然開了門並伸出一道長長的甲板，而沿着甲板快速地爬下來的，是一條色彩斑爛的大毛蟲！

大毛蟲在發了呆的呂綺瑩面前停下來。牠抬起了前面三分一的身體，以使頭部與呂綺瑩的頭處於同一水平。

「不用害怕，我們是完全沒有惡意的。」呂綺瑩的腦海中突然響起了一句這樣的說話。

「沒錯，我們懂得傳心術。正因為這樣，我們被支聯會委派為星河戰隊的招募隊伍。首先讓我自我介紹，我是八三四一星區的招募主任。為了爭取時間，請你閉上眼睛，好讓我以最快的速度把有關的資料傳送給妳。」

呂綺瑩戰戰兢兢地閉上了眼睛。一剎間大量的資料湧進她的意識：她生於斯長於斯的行星，原來只是宇宙間無數星球中的一個。而在這些星球上，不少都孕育着形態不一的高等智慧生物。其中一些更發展出飛行於星球之間的技術。一直以來，這些高等智慧族類都能和平共處，直至有一天⋯⋯

一支來歷不明的艦隊在星際間出現，並在所到之處大開殺戒，即使老弱婦孺亦無一倖免。不旋踵，多個智慧族類的家園一一陷落。而還未遭殃的族類，則組成了一個「支持抵抗侵略聯合議會」——簡稱「支聯會」——以共禦外敵。為了增強武裝實力，支聯會更派出招募隊伍，前往一些未發展出星際飛行能力的智慧族類那兒，招募傑出的戰士，以組成一支最精銳的星河戰隊。

「妳便是我們招募的對象之一。妳願意成為捍衛星際和平隊伍中的一份子嗎？」

「我願意！」呂綺瑩不加思索地答。一直以來，她都有一個秘密的願望，就是能夠擺脫日復一日的刻板生活，遠赴他方去幹一番轟轟烈烈的事情。有誰會想到，這個願望竟會成真！

這實在太令人興奮了！不過藍哥又怎麼樣呢？

「但我有一個請求。」她立即補充：「我有個好朋友，我希望他能與我同往。」

「啊，是鄰近村莊的藍義邢嗎？妳不用擔心，我們一早便知道你們的關係，亦決定邀請他作為星河戰士之一。」

就是這樣，呂綺瑩和她的愛人成為了星河戰隊的隊員。在訓練期間，他們遇上無數稀奇古怪的外星族類。但她們的主教練，則仍是一條大毛蟲。

前線的一個星球不久前發出了求救信號，呂綺瑩的部隊雖然仍未受訓完畢，也得被召赴戰。名叫啤啤夫的大毛蟲教練在火速飛馳的星艦上向戰隊作最後訓示：「我們都知道，這些來自銀河另一端的侵略者，樣貌異常恐怖而且兇殘成性，不少星族在見到牠們的真貌時，都被嚇得傻了而喪失反抗的能力。我們雖然進行過模擬訓練，但這並不表示──」

咔蓬！太空船受到襲擊！原來整隊救援艦隊已中了敵方的埋伏。

經過一輪慘烈的激戰，艦隊差不多全軍覆沒。

敵人已登上呂綺瑩所在的艦隻。呂綺瑩和愛人衝前抗敵，但一見到敵人的猙獰面貌，還是不免呆了一呆！

「受死吧！你們這對雌雄異形！」來自地球的侵略者大聲叫囂。抖動着有毒的觸鬚和尖刺尾巴的呂綺瑩和藍義邢，頓時在激光槍下化為灰燼……

外星人侵略地球這題材在科幻創作中屢見不鮮，但描述地球人才是侵略者的作品卻不多見。本故事固然是戲謔之作，但也有其「顛覆性」的成分。一篇真正經典的作品，是女作家勒岡恩（Ursula K. LeGuin）於一九七二年發表的中篇小說 *The Word for World Is Forest*。

天煞之謎

成功了！

終於成功了！

敵方的一架戰機終於被我們的分離戰術孤立起來！咔篷！一團刺目的火光在右舷的不遠處散開。慘！小澤的戰機被擊中了。

永別了，親愛的戰友。

咳！雖然我們戰術成功，但我們絕不能鬆懈呢！對方的主力部隊仍在作垂死掙扎，企圖拯救被孤立的戰機。我咬緊牙關，把飛行速度提升至音速的三倍半，從而與石龍、卡拉夫他們配合，進一步把包圍圈收窄。我們這次行動已經付出十分沉重的代價。絕對不能功虧一簣。

終於，在我們三部戰機的炮火驅策下，被孤立的戰機進一步與它的主部隊遠離。

「往山區去！」通訊器傳來了石龍隊長的聲音。「收到！」卡拉夫和我隨即響應。三部地球戰機於是隨着一部天魔人的戰機，以追風逐日的速度逕向阿爾泰山脈的群峰飛去。

我們終於可以弄清楚這些天魔人在搞什麼鬼了！我心裏想。

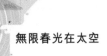

　　這場人、魔大戰也實在打得太久啦。對我來說，我的一生都活在這場無休止的戰爭中。戰爭前的世界究竟是什麼樣子，我只能從歷史的記載中領略一二。

　　根據歷史的記載，天魔人的飛碟在七十二年前首次進入太陽系。第一次跟宇宙間的另一個高等智慧族類接觸，全世界的人自然都又驚又喜，但在首三年，這些天外來客的表現可說令人們喜多於驚。因為他們的科技雖然遠較人類的高超，卻對人類十分友善，那時人類還是稱他們為「天侖人」，因為他們來自鯨魚座的天侖五（Tau Ceti）星。一些人更半戲謔地說，這些天侖人遠道而來，為的是與人類共享「宇宙天倫」！

　　可是三年後，怪事發生了。所有天侖人──包括地球上、月球上、火星基地和小行星基地上的──都突然撤回到他們在太空的巨型飛碟中去。而在十多天的死寂之後，他們突然向人類發動攻擊。天侖人變成了天魔人。「人、魔大戰」開始了。

　　四部戰機已經接近我們在阿爾泰山脈中的秘密基地，我已經把天魔敵機置於我的瞄準器之中。想起天魔人對人類的殘殺，特別是想起剛才小澤的壯烈犧牲，我多次想按下死光炮的按鈕。

　　可是我不能！自戰爭開始以來，天魔人一直拒絕與我們

溝通，而我們從來也沒有活捉過一個天魔人，所以我們根本無法了解，天魔人為什麼要攻擊人類。而這次行動，正是為了能夠生擒一個天魔人，並藉此解開這個「天煞之謎」。

基地派出的五架戰機已在前方出現。天魔敵機雖然嘗試作出最後掙扎以衝出重圍，但在我們八架精銳戰機的迫使下，它終於乖乖就範，降落在秘密基地的跑道上。我們則繼續在空中盤旋，直至看見天魔機師被重重守衛押出機艙，才逐一降落地上。

甫着陸，我、石龍和卡拉夫都匆匆地趕到基地的地下總部。抵達審訊室時，看見天魔人已被牢牢地鎖在一張重型的審訊椅上。

知道我們進來，基地主管菊鏗將軍轉過頭來對我們說：「他什麼也不肯說。」

「怎到他不說！讓我來！」滿面怒容的卡拉夫捲起了衣袖，摩拳擦掌地趨前。

「不要衝動！卡拉夫！」我喝道。

「對！你們毋須衝動，因為我還有一道殺手鐧。」菊鏗道。

「殺手鐧？什麼殺手鐧？」站在一旁的石龍好奇地問。

「你們可能有所不知，」菊鏗臉上露出一抹神秘的笑容：「在人類與天魔人——當時還稱為天侖人——相處的頭三年中，我們無意間發現，他們原來對地球上的一種生物有莫名的恐懼……」

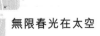
　　就是這樣，在菊鏗將軍刻意設計的「蜘蛛逼供法」之下，天魔機師（在多番嘔吐和各種噁心的生理劇變之後）終於道出了侵略地球的動機。我雖然不懂天魔語，卻可透過自動翻譯器聽個明白。

　　原來在他們的天侖星系中，一場「民黨」與「帝黨」的戰爭已持續了超過二百年。近百年來，帝黨在戰場上節節失利，為了提高它們的軍事力量，帝黨的軍方遂物色在一處隱蔽的地方，建立一所精英軍事訓練學院。

　　終於，他們選中了地球！因為這兒有着「宇宙間最兇猛和最好勇鬥狠的半智慧族類」，正好為他們提供最嚴格的軍事訓練！

　　而「天侖星大戰」一日未完，這所軍事訓練學院還會繼續辦下去！

　　天啊！一陣莫名的憤怒與恐懼湧上我的心頭！這樣聽來，這場毫無意義的「人魔之戰」豈不仍會沒完沒了的打下去……？！

　　一九六零年，由天文學家德雷克（Frank Drake）主導的「奧斯瑪計劃」（Project Ozma），首次嘗試以無線電望遠鏡接收由外星文明發出的無線電信號。當時選取的兩顆目標恆星，是波江座的天苑四（EpsilsonEridani，離地球 10.5 光年）以及鯨魚座的天侖五（Tau Ceti，離地球 11.9 光年）。大家若想親身參與地外生命的搜索，可登入 SETI@home 的網頁一看。

百見不如一聞

人類的自尊心是怎樣失去的？且聽我道來。

那天的天氣真是風和日麗。偌大的降落場上可謂冠蓋雲集。所有政要、嘉賓和記者加起來，少說也有五千人。作為《亞洲晨鋒報》的採訪主任，我也有幸成為這五千人中的一分子。

「妳是《亞洲晨鋒報》的張綺紅嗎？」至今我還清楚記得第一次聽到這把充滿磁性的聲音的情景。

我轉過頭去，發覺對我說話的，是一個俊朗的年輕人。

「是呀！」我說：「你是……」

「我是《邦聯日報》的記者高文。我們去年在西沙海底城的開幕酒會中碰過頭的呢！真高興可以在這次盛會中再次碰到你。」這個年輕人既興奮又靦腆地說。

「是嗎？」我微笑地答道。接着下來，我們的話題很自然便轉到這次採訪的題目之上。

而一談起天狼星人的到訪，這位年輕人的靦腆即不翼而飛。他侃侃而談，最初我是為了禮貌傾聽，後來卻真的聽得入了神。他對人類和天狼星人接觸的歷史瞭如指掌，對天狼星人的一切更是如數家珍。我採訪之前雖然已經做了三個月

的資料準備工夫，但相比起來也自嘆不如。

我禁不住打斷他的話題，問他為什麼知道得這麼清楚。高文咧着嘴答道：「啊！自從人類在十二年前收到天狼星人所發出的無線電信號以來，我便一直搜集有關天狼星人的資料。你知道嗎，我在大學傳理系的碩士論文，便叫作《地球人與天狼星人的廣告心理學比較》呢！」

接着，他基於地球人和天狼星人在生理上和心理上結構的差異，闡述他們對「潛意廣告」和「時差廣告」的不同反應。我為了不被枯燥的學術分析悶倒，惟有再次打斷他的話題。

「談起生理上的差異，」我稍為提高聲線地說：「聽說他們的視力和聽覺等感官能力，都較地球人敏銳得多呢！」我希望藉此來轉換話題。

「沒錯。他們的眼睛比我們的大，不單感光能力和解像能力比我們高，就是對顏色的辨別，也較我們細緻得多。在聽覺方面，人類的聽音範圍是二十赫至二萬赫左右，但是他們則能夠感受到低至五赫的超低頻，以及高至四萬多的超高頻。」

他展示出一臉稚氣的笑容：「在他們聽來，我家中的那套高級音響系統，可是完全不及格的低檔組合呢！」

接着他竟然禁不住談起他家中的音響設備，以及優質音樂重播與古典音樂欣賞之間的微妙關係等話題。天啊！這個高文真的什麼也可以談上大半天！

　　我對什麼音樂哲學毫無興趣，惟有伺機把話題扯回天狼星人身上。趁他稍為一頓，我立即說：「聽說他們的基本分子結構與地球生物的剛好相反，所以不怕被地球的細菌感染呢！」

　　「對呀！」高文說。「地球生物分子對偏振光的作用是『左旋』，而天狼星人的則是『右旋』。也就是說，雖然天狼星人的生化基礎與地球人的十分近似，例如大家都是以類似DNA的分子進行複製，生化機能都以碳、氧、水等作基礎，但互為鏡像的氨基酸和蛋白質分子結構，表示他們不能進食地球上的食物，而我們也不能吃天狼星人的食物。」

　　「你說的不能進食，是表示無法下嚥，還是……」

　　「啊，對不起！我應該修正我的說法。我所謂無法進食，並非指無法下嚥，而是指即使吃進肚裏，我們體內的酵素也無法將食物的養分分解，因此也無法攝取任何營養和熱量。也就是說，無論你怎樣按桌大嚼，到頭來還是會餓死！」

　　「聽起來倒是一種既可憐又有趣的景象呢！」我莞爾著說。「是了，那是否表示他們真的不會被地球的細菌感染呢？」我問道。

　　「沒錯。而根據一些內幕消息，為了表示友好和親善，一會兒降落的天狼星人，最先踏足地球時雖然會穿着太空衣，但儀器探測證實沒有問題的話，將會脫去太空衣，以親身感受一下地球的自然環境。說起來也真巧合，他們星球的環境

竟然在多方面跟地球的有百分之九十以上相似，例如大氣壓力和表面引力的差異都在百分之十以下。啊！我也多麼希望能夠在他們的星球上漫步啊……」

說到這兒，播音系統中傳來了太空船即將降落的消息。

五千多人超過一萬隻眼睛，齊齊望向萬里無雲的蔚藍色天空。一個銀白色的圓點逐漸擴大，最後展示出太空船的英姿，並徐徐地在降落坪上着陸。

十二年了！整整十二年來，人類與天狼星人只是透過無線電進行溝通。沒錯，透過大量的資料交換，兩個族類對對方都已經有十分全面而深入的了解。但知性上的了解，總不能取代感性上的接觸啊！天狼星人這次到訪地球，是兩大智慧族類首次的面對面接觸，當然是珍貴無比的歷史性一刻。

天狼星人的代表步出太空船了！聯合國的代表沿着紅地氈趨前迎接。在交談了一會後，訪客慢慢地將太空衣的頭盔脫下。

然而，出人意表的事發生了！

來自天狼星的使節先是呆了一呆，接着全身抽動，嘔吐大作。聯合國的代表驚惶失措，全然不知應該怎麼做。不旋踵，兩個天狼星人從太空船內衝出來，並以最快的速度把他們的同伴抬起並跑回太空船。船艙的閘門亦隨即關閉起來。

在一片混亂聲中，高文先是呆着不動，然後猛然大叫起來：「我猜到了！我猜到了！」

「什麼？你猜到什麼？」我急躁地問。

「我猜到了！唉！枉我自認為天狼星人的專家！卻料不到有此一着。當然，聯合國那些真正的專家也完全預料不到……」

「你究竟猜到什麼？還是你不打算告訴我！」我有點慍怒地説。

「噢！對不起！」一直望着太空船的高文，這時才如夢初醒的轉過頭來。「我當然會告訴妳。唉！更多的資料交換，竟也無法令我們完全預計到親身會面對的現實情況。妳還記得我們方才談過，天狼星人的感官能力一般都較地球人高嗎？」

「當然記得，但那又怎樣？」

「我們方才談的是視力和聽覺，卻沒有談及嗅覺的靈敏度。但按照天狼星人大腦結構的分析，一些科學家曾經推斷，由於掌管嗅覺信號接收和分析的大腦區域十分發達，表示天狼星人的嗅覺靈敏度，可能比地球上的獵犬還要高出幾倍。」

「你是説……？」我難以置信地問。

「對！對於天狼星人來説，人類必然比地球上的臭鼬鼠還要臭上十倍甚至百倍！」

大家有去過養豬場、養雞場、馬廄或甚至動物園中的猛獸（如獅子、老虎）居住的地方嗎？如果有的話，你便應該知道每一種動物都有牠的強烈體味。「那麼人類應該是一種例外吧！」你可能會說。原因是你從不察覺人的獨特氣味。可是大家有聽過「入芝蘭之室，久而不聞其香；入鮑魚之肆，久而不聞其臭」的道理嗎？「聞不到」不等於沒有，而故事的構思便是這樣來的。

無限春光在太空

　　我應該怎樣報道這件事情呢？

　　從穿梭機的窗口向外望，我已經可以透過白皚皚的雲層，看到南中國的海岸。仔細一點看，更可以隱約看見大嶼山甚至香港島。當然，我們會先在西昌太空基地降落，然後我再轉機返回香港。但家鄉的美麗景緻，使我不期然回想起整件事情的開端。

　　「唉！一頓飯便能成為世界知名的名記者，也真的太划算了。」美君一邊放下她的高腳酒杯一邊說。

　　「來吧！妳已經吃了我半個月的工資了。不要再裝神弄鬼，有什麼秘密消息快快報上！」

　　這已是八個月前的事情了。我和施美君正在太平山頂最高級的餐廳進餐。美君是我在《亞洲晨鋒報》最好的同事，這次卻毫不留情的叫我大破慳囊。

　　「好！好！好！那麼妳聽清楚了。」美君俯身向前。環繞着她的一股酒氣隨即撲面而來。她接着神情一轉，滿臉淫意地低聲說道：「妳知道第一對在太空的失重狀態中做愛的情侶會是誰嗎？」

「咄！我怎知道呢！噢！難道……難道你說會是我即將採訪的那批火星探險員的其中兩個？」

「正是！而只要妳打醒精神，妳將成為報道這宗大新聞的第一個記者！綺紅，妳將成名啦！可憐我仍是一名小記者，嗚，嗚……」

就是這樣，本已教人興奮不已的一項採訪，變得更加刺激緊張。

根據美君的秘密消息，在六十個將會首次登陸火星的探險員當中，表面看來雖然沒有一對是情侶，但來自挪威的奧狄斯與來自里斯本的中葡混血兒瑪利亞，在少年時代曾經有過一趟短暫的邂逅。如今同被選為遠征火星的成員，在長達兩年的訓練期間舊情復燃，並發展出一段秘密的「地下情」。

出發前，所有探險員將在戈達太空站進行最後一個月的集訓。而我則被《亞洲晨鋒報》派往報道這次集訓的整個過程，這本已是十分令人興奮的一回事。但如果美君的消息正確，奧狄斯與瑪利亞將會成為第一對在太空做愛的情侶。他們更加計劃在抵達火星後宣布結婚，並會出書自爆他們的太空羅曼史……

對億萬年來都牢牢地被地心吸力縛在地球表面的生物來說，失重狀態真是一個奇妙的嶄新天地。不過直至今天，仍然有人以為在太空中出現失重狀態，是因為我們擺脫了地心

吸力的束縛。這真是現今教育的失敗與悲哀。事實當然是，無論是環繞着地球運行的太空船還是太空站，它們一刻也未有「擺脫」地球的引力場（否則太空船或太空站——以及比它們遙遠得多的月球——也不會乖乖地環繞着地球運行！）。太空船和太空站內之所以會出現失重狀態，完全是因為其內的所有物體（包括乘客），皆與太空船或太空站一同進行着「自由墜落運動」（自由墜落還是自由墮落？嗯……）

在出發前的好幾個月，在好奇心的驅使下，我閱讀了大量有關失重狀態的科學研究。過去近一百年來，科學家不斷進行實驗，研究了物體在失重下怎樣燃燒、植物如何在失重下成長、蜘蛛如何在失重下織網、以及白老鼠如何分娩、蝙蝠如何睡覺、雀鳥如何飛行等種種問題。人類的生理機能在失重狀態下會出現怎樣的變化，當然更是首要的研究課題。

但在所有這些研究中，最為欠奉的是人類如何在失重狀態中做愛和分娩，因為兩者皆未曾在太空中發生。而在兩者之間，最惹人遐思的，當然是有機會導致後者的前者！

由於沒有「實戰經驗」，那些著書立說大談失重性愛的作者，其實都只是一廂情願天馬行空。我曾經在網上找到一本叫《太空素女經》的著作，其內的不少活動插圖，簡直滑稽得令人噴飯！

不過，參考了不少「專家」的意見之後，有一點我是大致同意的，那便是失重做愛將會是難度十分高的一回事。不

少人都以為，在無重量的狀態下做愛，必然十分浪漫刺激。他們有所不知的是，在眾多的人類活動之中，重量固然是一種負累，但這種負累也是必不可少的！一旦沒有了重量，我們會驚訝地發現，一些在地球上十分容易完成的動作，也將難以完成。

難以完成並非等於不能完成。實際情況是，我們必須重新學習以另一種方式來完成這些活動。人類首次登陸月球後所發展出來的「袋鼠跳」步行方式，便是這種重新學習的最明顯例子。（當然，月球上的狀況只是低引力而非完全失重。）

人類在失重狀態下做愛，將會發展出一些怎樣的全新「招式」呢？這正是我今趟的秘密任務之一⋯⋯

等着、等着，關鍵的時刻終於來臨了！

雖然在我的記者生涯中，曾經上過太空數次，但這是逗留時間最長，也是令我最為難忘的一次。

戈達太空站是迄今為止最大的地球太空站，它最多可容納一百五十人之多。但這次一下子來了六十名探險員、二十多名工作人員以及三十多名記者，剩下的空間便只夠容納太空站的基本管理人員。平時在太空站工作的科學家，都在老大不願意的情況下，被迫暫時離開。

太空站的結構，乃由一條巨大的主軸，以及由多條管道

連接的四個環狀結構所組成。太空站的旋轉運動，為環狀結構裏的空間提供了模擬重力作用。但中央長大的圓柱主軸，也提供了不少處於失重狀態的空間。而在這空間的其中一處，將寫上人類性愛史新的一頁。

抵達太空站不久，我很快便與奧狄斯與瑪利亞成為很好的朋友。為了減低他們的戒心，我是刻意地以朋友的身分而非記者的身分與他們相處的。

六十名探險員將分乘三艘太空船前赴火星。瑪利亞是二號船的副船長，奧狄斯則是三號船的地質勘探隊隊長。由於集訓的編排緊密，他們見面的時間其實不多。事實上，我與奧狄斯相處的時間，往往較瑪利亞還要多呢！

那麼他們成功了嗎？而我又成功了嗎？

三艘太空船現已踏上征途。我與其他記者則正乘坐穿梭機返回地球。

沒錯，他們成功了，而我也成功了，但我至今仍未把消息傳回地球。

奧狄斯確曾與瑪利亞在失重狀態中做愛。但問題是，他們不是第一對這樣做的情侶！

對！你已經猜到了。第一對在失重狀態中做愛的人（為什麼我不敢用「情侶」這兩個字呢？），是奧狄斯和我！

我應該怎樣報道這件事情呢？

我建議各位跟身邊的好友打賭，那便是看看誰人能最準確預測人類首次在太空的失重狀態下做愛的時間。請記着科幻大師克拉克有關預測未來的一句名言：「人們預測未來事物的發展時，短期來說一般過於樂觀，長遠來說則過於悲觀。」（People tend to over-forecast in the short-term, and under-forecast in the long-term.）

月殿情緣

「各位旅客請注意,還有十五分鐘,太空船將會進入最後減速階段,並與玉兔站會合。請你們盡快返回座位,並把安全帶繫好。多謝合作。」

原本就在座位的我,順手把安全帶繫上。座位前的小型顯示屏,再次播出人類首次登陸火星的新聞特寫。但這時的我,已沒有興趣再追看下去。我的心為了另一件更令人興奮的事情而加速跳動:我將會很快便降落月球,並第一次跟雪盈會面⋯⋯

當然,我和雪盈在網上的會面,轉眼已有三年之久。但無論是如何逼真的全息影像,也無法跟面對面的真正會晤相比擬。啊,我第一句話應該說什麼呢?她的真人跟全息影像會有什麼不同嗎?

太空船跟環繞着月球運行的玉兔太空站會合後,一眾乘客隨即轉乘梭子船飛往月球表面。時間對我來說過得像蝸牛爬行般慢。好不容易等到着陸,我終能推着行李步出大堂。

「阿當斯!」一把熟悉的聲音喚着我的名字。隨着聲音望過去,沒錯!是雪盈!

「雪盈！」我按捺不住內心的喜悅，一邊快步朝她走去，一邊在心中不斷重複着她的名字。

烏亮的眼睛，烏亮的秀髮、還有那充滿個性的嘴唇和雪白的皓齒……她比我想像中還要漂亮——也還要高！即使在美國，我的一米八三也不算矮的了。但比起雪盈的一米九二，還要足足矮了九厘米。

當然，我們在通訊中早已知道對方的身高。但知道是另一回事，親身感受又是另一回事呀！

作為第二代的月球殖民，雪盈當然不是月球上最高的女孩子。她原籍南中國的廣東省，而即使在中國，廣東人也不以體格魁梧見稱。聽說，月球上最高的女孩原籍肯雅，身高足有兩米二五之多！

就是這樣，我和雪盈在月球上度過了我一生中最甜蜜、最愉快的三個星期。

但隨着我的假期將盡，一股無形的陰影開始籠罩着我們。我們心裏都知道是什麼一回事，卻總是無法開口。

我們當然知道，雪盈無法跟我返回地球居住。在月球上出生和長大的她，根本無法抵受地球表面那大上六倍的重力，除非她終生都穿着一副體能輔助的機械衣甲……

而至於我，也沒有可能放棄在地球上的考古工作。考古是我的志業、我的生命。而月球上最古老的人類遺蹟也不足一百年，根本便沒有什麼考古可言。

　　怎麼辦呢？難道這段月殿情緣，永遠只能成為我們一生中的的美麗回憶？不！我不可能沒有雪盈！而我深知（你可能説我自大！），她也不可能沒有了我！

　　返回地球的日子逐漸逼近。我每夜都被這死結煎熬得難以入睡。從雪盈那憔悴的容顏，我知道她也受着同樣的煎熬。

　　臨走前一天，雪盈知道我最喜歡月球上的插翼飛行，一早便在人力飛行中心預訂了時間。我們在偌大的圓拱形飛行館（由月球上一個巨大的地下熔岩洞穴改建而成）租了插翼，卻是提不起勁把它們穿上。兩人抱着插翼坐在觀眾席上，良久沉吟不語。

　　這時，一隻大鳥在附近的降落台着陸，原來是雪盈的好友瑪莉。「嘿！你們幹嘛在這兒發呆？」她脫下雙翼趨前問道。

　　「啊！沒什麼。」雪盈敷衍地答道：「我們只是休息一下。待會兒便會起飛的了。」

　　「是嗎？」瑪莉帶着懷疑的口吻道。可能她看出我們的神色有點不對。但這種疑惑只是一瞬即逝。取而代之的，是一股興奮和激動的神情。

　　「嘻！妳們有看今晨的新聞報道嗎？」她問道。當我們都説沒有時，她隨即説道：「哎啊！那麼這樁大新聞你們是毫不知情的了！」

　　「什麼大新聞？」我不禁問。

「我們終於找到外星人了！而且不是在什麼遙遠的星系，而是在近在咫尺的火星！」「什麼！」我和雪盈一同大叫，可是這次瑪莉不待我們追問下去，便舉起雙手打斷我們的問題。

「嘿！嘿！不要過分興奮！我不是指活的外星人。如果那些科學家的估計正確的話，這些火星人死去至今起碼有數百萬年啦！」接着下來，興致勃勃的她把新聞報道的內容詳細地跟我們複述了一遍。

原來抵達火星已有三個星期的探險隊伍，昨天在火星大峽谷的一個旁支裏，發現了一些古文明的遺蹟。初步的研究顯示，這些遺蹟距今已有數百萬年的歷史。而文明的發達程度，足可與地球上的古巴比倫或亞述文明相媲美。

由於受到這項重大發現的刺激，曾經備受爭議的火星殖民計劃，又重新被提上議事日程。最新的消息是，聯合國正在討論如何組織一支為數達五百人的殖民隊伍，並打算在兩年內，開始在火星上進行殖民。

作為考古學家的我，第一個念頭是：能夠前赴火星對一個非人類的古文明進行考古研究，那將是任何一個考古學家都無法抗拒的誘惑啊！就我而言，即使要我離開地球而長居火星，我也是萬分願意的……

就在這時，一個念頭閃過我的腦海：火星的表面引力只是地球的三分之一左右。也就是說，只是較月球上的引力大

上一倍。對了！我終於找到解決問題的方法了！

「雪盈！」我緊握着雪盈的雙手，激動地說：「妳願意跟我前赴火星，在那裏做一對拓荒者並且組織我們自己的家庭嗎？」

「什麼？你說什麼？」雪盈最初大惑不解。但在我的仔細分析下，她的臉上開始綻放出希望的笑容。

「妳是出色的水耕工程師，」我繼續說：「火星殖民計劃必定需要妳這樣的人才。而我是專長中亞細亞史前文明的考古學家，當然也是合適的殖民人選。我有信心，無論有多大困難，我們也能成功申請成為首批火星移民。」說到這裏，我深深地吸了一口氣，認真地問道：「那麼，妳是否願意與我並肩攜手，勇闖新天地呢？」

眼裏泛着淚光的雪盈，咬着下唇堅定地說：「願意！我當然願意！」

我們旁若無人地熱烈擁吻起來……

「嗨！有人在嗎？」在旁的瑪莉終於按捺不住，高聲地叫喊：「不如讓我們一起飛舞，以慶祝這件喜事吧！」

於是，我們三人匆匆穿上了插翼，一邊歡呼一邊在空中愉快地飛翔。

這個「愛情故事」背後的「科學成分」可謂十分豐富：

（1）網上的「跨星際戀愛」；

（2）天體表面引力對發育的影響（此處集中的是身高和軀體的強壯程度）；

（3）太空船不直接降落天體表面而透過太空站轉換梭子船穿梭往返的太空飛行模式；

（4）「體能輔助機械衣甲」（machine-augmented body-suit）的科技；

（5）低引力下實現人力飛行的夢想；

（6）消失了的火星人文明；

（7）火星大峽谷（Valles Marineris）

（8）水耕農藝（hydroponic farming）

金石為開

踏進了白鹿酒吧，嘈雜的聲浪和撲面而來的煙酒氣味，令羅德列茲登時愣了半響。他定了定神並深深地吸了口氣，隨即朝着酒吧櫃枱那兒走去。

「喝什麼？」長着一個紅色大鼻子的肥胖酒保粗聲地問。

「對不起，我想找一個人。」羅德列茲回答：「請問甘沐海先生在嗎？」

「就在那兒。」酒保漫不經意地側了側頭示意。

羅德列茲隨着酒保示意的方向，來到了酒吧中較為幽暗的一個角落。在那兒，一個鬚髮皆白的老者正與一個年輕的小伙子下着圍棋，旁邊則有四、五個人默默地觀看着。

「咳！」羅德列茲清了清喉嚨，「對不起，請問閣下是甘沐海先生嗎？」他禮貌地向老者問道。

「對，我是甘沐海。」老者抬起頭來瞇着眼打量這個陌生人：「你是……？」

「您好！我是羅德列茲，火星羅威爾美術學院的博士研究生。我們之前在網上聯絡過的呢！」

「啊！對！你是那個專門研究魯拙的人。想不到你真的來到了小行星帶！嗨！愛迪，對不起了，這盤棋我們明天再下

吧。我有要事跟遠方的來客談談。」

被稱為愛迪的年輕人好奇地打量了羅德列茲一遍，隨即恭敬地回答：「沒關係，我明天再來。」他按下了棋盤的記憶鍵，接着俐落地收拾好東西離去。在旁圍觀的人亦隨之一哄而散。

「怎麼樣？我有什麼可以幫到你嗎？」甘沐海提起手中的雪茄深深地吸了一口，然後徐徐把煙圈吐出。在整個太陽系中，小行星帶是少數仍然有人吸食人造煙草的地方。這些煙草雖然對健康無害，但在羅德列茲看來，這種吞雲吐霧的行為，仍然顯得十分怪誕和落伍。

「甘先生，我知道你是魯拙先生失蹤前最要好的朋友。我很希望你能告訴我，你所知道一切有關魯拙先生的東西，好讓我能夠追尋到他的下落。」羅德列茲懇切地說道。

「啊，有關魯拙的一切……」甘沐海再次提起雪茄，一面慢慢吸吮一面陷入了陳年舊事的緬懷之中。

眾所公認，魯拙是廿一世紀最偉大的雕塑家。一些評論者把他跟十九世紀的雕塑大師羅丹相比擬，一小部分更把他跟十五、十六世紀的米蓋朗基羅相提並論。（甘沐海最初所講及的魯拙事蹟，羅德列茲其實都瞭如指掌。只是他不好意思打斷甘沐海的話題，是以仍裝着全神傾聽的樣子。）

魯拙的藝術究竟偉大到什麼程度可能仍有爭論，但世人

一致同意的是，魯拙在天才橫溢的同時，亦是一個行為乖僻和我行我素的怪人。他的個性，完全符合一般人心目中的「天才藝術家」的形象。

三十八歲那年，魯拙的閃電結婚震動了世界。兩年後，他的妻子愛麗絲在車禍中喪生，全世界不單因此而震動，更為他而感到莫名的悲痛。

僥倖餘生的魯拙，亦因這次車禍而在醫院中躺了近半年。出院後，魯拙的性情變得比以前更為乖僻暴躁，而他的雕塑風格也隨之而大變。原本最擁護他的人，對這種嶄新的風格也完全摸不着頭腦。而他在美術界的敵人，則把握這個機會對他的新作品大肆攻擊。

兩年後，亦即二零零九三年，家財億兆的魯拙突然從地球表面銷聲匿跡。

不久，有報道謂他已投海自殺，亦有報道謂他駕駛私人太空船投向太陽。不過，另有傳言謂他改名換姓，並悄悄地到了火星與木星之間的小行星帶。

「我認識他的那年，應該是二零九八年。」甘沐海瞇着眼望着羅德列茲的頭頂上方說。「那時我還只有三十五歲，剛被選中為健神星的副鎮長。」

聽到這兒，羅德列茲的精神才為之一振。他坐直了身子，希望能夠得悉魯拙在抵達小行星帶後的經歷。

「其實我當時並不知道他就是大名鼎鼎的魯拙。」甘沐海

繼續說道：「因為他改了名字稱為艾錫赫。加上他的容貌較傳媒上見到的蒼老得多，而臉上又長了一把大鬍子。」

「你們是怎樣成為好友的呢？而你後來又如何得悉他的真正身分？」羅德列茲熱切地問道。

「是圍棋。是圍棋把我們這兩個年紀相差十二歲的人變成好友。要知那時的我——我敢稱甚至今天的我——乃是健神星上毫無敵手的圍棋高手。至於我如何揭露他的身分嘛，那得靠我兒子的提示。由於我的兒子十分喜愛雕塑，是以對魯拙十分崇拜。那時的他雖然只在唸小學，卻給他看出了端倪。」

「啊！原來如此。是了，四十年前，上海《申報》的記者不是曾經來過這兒找魯拙的下落嗎？為什麼他們無功而還？魯拙當時是否已經走了？」羅德列茲問道。

「不，魯拙那時仍未離去。他們之所以找他不着，當然是因為我的極力隱瞞。不要忘記我當時是副鎮長。而知曉魯拙真正身分的人也着實不多。不過，那些記者離去後約半年左右，魯拙便真的不知所終了。我計過了，還欠三天，我們的一場相交便剛滿十年。唉！我着實懷念他呢⋯⋯」

接着，羅德列茲更詳細的詢問了魯拙在健神星上的一切狀況。兩人的談話結束時，白鹿酒吧已經接近打烊的時分。

與甘沐海的兒子一樣，羅德列茲自幼便以魯拙為偶像。不同之處在於，羅德列茲乃火星第一富豪的獨生子。這次他

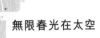
冒着父親的反對，駕駛了一艘最先進的太空遊艇遠赴小行星帶，為的是找尋魯拙的下落，並且拜他為師！

魯拙失蹤已經五十一年，人們對他重新恢復興趣，是因為約十五年前，穀神星上的天文台透過望遠鏡的影像，意外地發現了第一個小行星雕像。接着下來，太陽系中的各大天文台，亦在不少荒僻的小行星表面，觀測到巨大和美麗的雕像。經過專家的分析，這些雕像既有魯拙喪妻後的新風格，亦保留着他早期雕塑的一些原始風貌。

約九年前，一群雕塑家曾經籌措了龐大的經費，從地球出發前往其中一顆小行星考察。他們拍攝到的雕塑影像令世人驚訝不已。由於小行星上的引力場幾乎等於零，所以雕像可以完全不受自身重量的限制。結果是，這些被稱為「魯拙巨雕」的作品，大部分都碩大無朋卻又靈巧無比。相比之下，穿着太空衣在旁拍照的美術家都笨拙和渺小得可憐。

按照這些雕像受太陽風和宇宙線的「風化」程度，天文學家推斷，小行星上的雕像完成了已經接近三十年，亦即魯拙從健神星上失蹤後十二年左右。而按照光譜分析的間接推斷，其他小行星上的雕像，有的完成得比這些更早，有的則比這些更遲。簡單的推論是，自魯拙離開健神星後，他便不停在小行星帶之內遊蕩，並在他所到之處，留下了這些曠絕古今的巨型雕像！

一群雕塑家當然希望能夠多探訪幾個這樣的「魯像小行

星」，可惜由於所涉及的經費過於龐大，最後只能滿足於透過遙遠的觀察來研究這些作品。

這趟考察後不久，科學家在真空動力推進方面取得了重大的突破，從而使太空飛行的成本和旅程所需的時間大大地縮減。如今，羅德列茲正是駕着一艘裝有最先進的真空動力引擎的太空船來到小行星帶。他的目的，是要找尋魯拙的下落，一晤這個他心儀已久的傳奇人物。

羅德列茲只是在健神星上逗留了五個地球日。在這五日內，他除了替太空船補充裝備外，其餘的時間大多與甘沐海下圍棋，並一邊談論着魯拙在健神星上的事蹟。此外，他亦跟甘沐海的兩個曾孫談論雕塑藝術，並教導他們一些基本的雕塑技巧。

出發的時候到了。雖然羅德列茲十分喜歡與甘沐海和他的曾孫相處，但他最急切的，是追隨着魯拙的足迹，直至找到這位自兒時至今的心中偶像。

羅德列茲把太空船慢慢地駛離健神星。接着他深深地吸了口氣，並啟動了真空動力的引擎。他十分清楚，這將是一趟十分漫長而孤獨的旅程。

小行星帶是位於火星與木星之間的一個遼闊區域。在這個區域中，有着數以百萬計的小型天體。其中最大的一顆穀神星，直徑只有一千公里左右，即與地球上的婆羅洲差不多

大小。直徑達數百公里的小行星亦寥寥可數。除智神星、灶神星和婚神星外，健神星正是其中的一顆。至於其他絕大部分的小行星，直徑都在數十甚至數公里之下。

不過，對於這些眾多的小行星，「直徑」這個名詞實在不大準確。因為這些天體都不是球形，而是呈不規則的形狀。難怪一些天文學家稱它們為「飛行的山嶽」。

而在這些飛行山嶽中，天文學家已發現了廿二個小行星上刻有魯氏風格的巨雕。按照推斷，這種「魯像小行星」可能還不止此數，只是其他的一些仍未被發現。

羅德列茲在未離開火星前，便已做了深入的研究。根據雕像的光譜分析，他先把這廿二顆魯像星的完成日期排列先後。然後，他再把這些小行星各自的軌道數據輸入電腦。這樣，只要他把小行星放回雕像完成時的太空座標，他便可以推斷出魯拙在離開健神星後，最可能的流浪途徑。結果顯示，魯拙的流浪並非雜亂無章，而是朝着一個大致的方向。

魯拙離開地球已五十一年，自健神星失蹤亦已四十一年。不少人認為，即使「魯像星」真的是他所為，年過九十的他亦必已老死太空。

但羅德列茲則不以為然，因為按照光譜分析，其中一顆魯像星上的雕像，完成至今應不超過三年。羅德列茲離開健神星後，正是向着這顆小行星進發。

即使以真空動力推進，飛抵這顆小行星也要六個多星期

的時間。抵達後，羅德列茲一面欣喜若狂地欣賞着其上的巨大雕像，一面按照魯拙的流浪方向，透過儀器在星空中搜索他有可能前往的下一顆小行星。

皇天不負有心人！約一個星期後，他終於利用太空船上的遙感掃描儀器，找到了一顆從未發現的魯像星！不用說，羅德列茲立刻啟動太空船，再次踏上征途。

在漫長的旅程中，羅德列茲不斷在夢中看見自己與魯拙相遇的情景。這些夢境中的相遇，有一些固然好像他期望中的教人激動和興奮，但更多的是魯拙大發脾氣並拒絕與他交談。不止一次，羅德列茲從失望、沮喪和焦慮中驚醒⋯⋯

經歷了個多月的孤獨旅程之後，羅德列茲終於踏足這顆從未被人發現的魯像星。

考察的結果，使羅德列茲既失望又興奮。之所以失望，是因為他找不到半點魯拙的蹤影；之所以興奮，是因為按照雕像表面的分子分析顯示，雕像完成至今還沒有一年的光景！

魯拙啊魯拙，你究竟人在哪兒？

這次，羅德列茲花了近三個星期的時間，才從遙感掃描中找到些端倪。但由於影像太細也太古怪了，他始終無法肯定。沒法！總也要碰碰運氣！於是羅德列茲再次出發，朝着這個唯一的希望飛去。

十多天的旅程簡直度日如年。因為即使未曾抵達，羅德

列茲便已從望遠鏡中，看到一幅令人既讚歎又感動的景象！最初的遙感掃描影像之所以古怪，原來是因為這並非一顆小行星，而是兩顆互相繞轉運動的雙小行星。但其中較大的一顆，其實已不能用小行星這個名詞形容，因為它已被完全雕鑿為一座巨大的塑像。至於另外一顆，其上停泊了一艘殘舊的太空船。而面向巨大塑像的一面，則刻有一幅尚未完成的巨大浮雕。

伏在這幅浮雕上的，是一副凝頓在雕鑿動作中的體能擴大衣甲。在衣甲裏，羅德列茲找到了魯拙的屍體。

在痛心失望之餘，羅德列茲更被魯拙這件絕世的遺作感動得掉下淚來。因為在浮雕上，是年輕時的魯拙塑像，但這是一個深情而非憤世疾俗的魯拙。至於這個塑像所凝望着的，則是一個美得教人窒息的女性雕像。羅德列茲對這位女性當然毫不陌生。

沒錯，她正是魯拙的亡妻，愛麗斯……

以小行星帶（以往稱 Asteroid Belt，後改稱 Planetoid Belt）作為背景的科幻小說為數不少，但以此作為人類未來雕塑藝術的偉大場所，則這個故事可能是第一個。科學家至今發現的小行星約為七十萬顆，但真正的小行星數目可能達數百萬之多。以體積的大小計，以前的排名是穀神星（Ceres）、智神星（Pallas）、灶神星（Vesta）和婚神星（Juno），但後來發現健神星（Hygiea）——即本故事開場的地方——實較婚神星為大，故已把它取代排名第四。留意近年天文學家已把直徑約為一千公里的穀神星歸類為「矮行星」（dwarf planet）。

誰與爭鋒

血紅色的太陽慢慢在西方的地平線上消失。

殷藍色的太陽慢慢從東方的地平線上升起。

歸元星的兩個月亮，則同時反射着兩個太陽的光線，而高高地懸掛在空中。

大漠上颳起了一陣狂風沙。鄧雷開始等得有點不耐煩了。

就在這時，天空中出現了兩個白點。不久，白點化成兩個巨大的降落傘，並朝向鄧雷身邊的空地降落。

降落的兩人脫去降落傘後，也不着意把降落傘收回，即逕自朝着鄧雷跑去。

「你們終於都到了！」鄧雷對着前來的兩人説。

「鄧大哥！」兩個遲來者異口同聲説。濃眉大眼的是人稱「天箭神勾」的沈勝，唇紅齒白的是有「金狐郎君」雅號的楚留。

「你們太空船都泊好了吧？」綽號「銀河飛鷹」的鄧雷問道。

「都泊好了。」沈勝答道：「而只要我們殺了莫該異獸並取了牠的大腦晶片，我們便可透過移身大法直接返回太空船之中。」

就在這時，三人的身後傳來了一陣震耳欲聾的怒吼。一頭三米多高的猙獰巨獸突然在空氣中出現，並向着三人猛撲！

三人也非浪得虛名。銀河飛鷹嗖地拔出了他的乾坤劍，天箭神勾拔出了他的鋼勾，而金狐郎君則揮動着他的柳葉刀。眾人先是蹤身避開了異獸的撲擊，繼而一哄而上，與莫該異獸廝殺起來……

這場大戰的緣起可說源遠流長。

原來歸元星位於銀河的邊陲，並曾經孕育過一個光輝燦爛的文明。但人類在數千年前發現這個星球時，歸元文明早已灰飛煙滅。考古學家一直未能找出歸元文明滅絕的原因。

但過了不久，星際間即流傳着一個傳說，謂歸元人雖已滅絕，但他們卻遺留下一隻半機械半生物的守護異獸：莫該異獸。

而更神奇的是，傳說謂這頭異獸擁有超越時室的異能，卻是每隔二百年才會在歸元星的表面出現一次，為的是替牠主人的「回歸」作出準備云云。

事實上，不少人都把第二次考古隊伍的失蹤，歸咎於莫該異獸的襲擊。而自此之後，每隔兩百年，便有不少武林豪傑前赴歸元星，為的就是覓殺這頭異獸。

原來按照傳說，只要取得這頭異獸的大腦晶片，並殖入自己的中樞神經系統，便可修成移身大法，隨意超越時空，

屆時自可號令天下，稱霸銀河。

　　在殷藍太陽的照耀下，大漠上的一場人獸大戰正殺得難分難解。

　　三個武林高手為什麼要使用原始的刀劍，而不使用先進的自動化武器呢？

　　原來歸元文明雖已消失，卻遺留下一個籠罩着整個行星的特殊力場。最先，這個力場只是阻止任何自動化武器的進入（首次探險隊降落時，船上的一些武器便曾經爆炸而引致連串事故）。但到了後來，則完全禁止任何先進器械──包括梭子船的進入。這正是為什麼鄧雷和沈勝等人無法乘坐太空船直接降落，而必須先把太空船以最小角度斜斜地切入大氣層，而在跳離太空船後各人則以滑板滑翔一段很長的時間，最後才以多級降落傘降落星球表面。（而太空船則透過自動導航，返回較高的軌道停泊。）

　　可以這麼說，這是「壯士一去兮不復還」的孤注一擲，如果他們無法取得異獸的大腦晶片而修成移身大法，便永遠無法回到停泊在軌道的太空船之中。

　　而事實上，過去數千年來，沒有人能成功地去而復返。

　　在鄧雷等三人合力狂攻底下，莫該異獸身上已有多處受傷。莫非這次的結局會有所不同？

　　然而，隨着莫該異獸將巨頭一擺，牠在原來的位置霎然

消失，並忽然在鄧雷的身後出現。可憐鄧雷未及回身，已被牠咬成兩截。

接着下來，莫該異獸神出鬼沒，忽隱忽現。不旋踵，沈勝和楚留亦遇上同一命運而陳屍荒漠。

莫該異獸仰天長嘯。令人心寒的嘶叫聲在歸元星的大漠上嬝嬝不絕……

人們有所不知的是，歸元族其實並沒有消失，因為莫該異獸就是整個歸元族的化身！這幾千年是整個歸元族閉關修煉的時刻。每兩百年進補一次對修煉當然大有裨益。而還有一千年，他們便會修煉完畢。屆時，整個銀河都要臣服在他們的腳下。

殷藍的太陽正慢慢沉向西方。

地球的天空中有一個太陽和一個月亮，但故事中的歸元星則有兩個太陽和兩個月亮。擁有兩個月亮不算特別（例如火星便有兩個月亮，而木星則更有十多個），但有兩個太陽是否可能呢？原來天文學家發現，宇宙間的恆星有不少是互相繞轉的雙星（binary star），而只要兩者間的距離不太近，每顆恆星都可各自擁有自己的行星系統（planetary system）。也就是説，天空中有兩個太陽是有可能的，只不過視覺上，其中一個將會比另外一個小得多。

最後的考驗

滿佈着一臉冷汗，納瑪星的前生態主任奧勒夫霍地從睡夢中驚醒。在他的腦海中，仍然充滿着納瑪人發脹了的嘴臉和令人心寒的尖叫聲。紫紅色的鮮血滿佈着這些嘴臉並不斷地向下淌滴。奧勒夫一時感到陣陣麻木的昏眩，一時又感到頭痛欲裂。

我為什麼會作這樣的夢呢？稍為定下神來，奧勒夫即這樣自問。這完全是荒謬的啊！納瑪人是如此怯懦和愛好和平的生物，為了保衛家人，他們偶爾也會奮起還擊。但在大部分情況下，他們都是逆來順受的。奧勒夫突然感到一股莫名的憤怒——一股由羞愧而生的憤怒。天哪！難道他也像其他人一樣，感染了一份「恐納瑪」的情緒？即使這種情緒只是來自潛意識，奧勒夫仍然感到羞愧莫名。

此際還是清晨時分。也就是說，依康離天頂大概還有三四十度，而基索雙星則還在地平線之下。但透過窗子向外望，奧勒夫已經可以從西面的蓮華山脈背後，看到基索乙的氣柱在群山中拔起，直沖霄漢。這條由電漿體組成的氣柱在太空中延綿數百萬里，是基索乙的獨特標誌。依康的淡黃照明，正逐步被冉冉高升的橙亮與澱藍所掩蓋。

這真是自然界的傑作，奧勒夫想道：可也是對人類的一大嘲諷。人類在星際探險的一百周年發現了吐博星系以及其中的一顆行星納瑪。這是多麼令人振奮的重大發現啊！納瑪是人類首次發現的拉格朗日行星，也是第一顆擁有空氣和水分的類地行星。處於特洛伊點的納瑪，與基索雙星與依康這顆黃矮星形成了一個邊長超逾十億公里的等邊三角形。由於納瑪的重力、表面溫度和大氣壓力都與地球的相差不遠，人類毋須穿上笨重的保護衣服即可在其表面自由地活動。根本不用架起什麼防護罩、鑽什麼地洞、或進行什麼環境改造或基因改造的工程。唯一需要的，只是一點兒生化適應程序罷了。這簡直就是一個夢幻中的理想星球——如果納瑪土著不存在的話。

奧勒夫離開了位於 D 段的民用營舍，跨越了東北面的單軌鐵路，慢慢地朝着基地邊沿的灌木叢林進發。清新的微風和遠處的蛾鳥歌聲迎接着奧勒夫，卻無法消滅半點兒湧佔着他胸口的抑鬱。奧勒夫悲憤地想，我竟然夢見納瑪人發了瘋地大舉襲擊我們的基地，並以他們小而尖的泥黃色利齒和指爪殺害基地裏的拓荒殖民。而事實上，我們才是真正的劊子手，動輒便數以百計地把他們像螞蟻般殲滅。在人類的高超科技面前，他們只能躲避、瑟縮和坐以待斃。

我們簡直就是從天而降的魔鬼，是納瑪神話中的莫該惡獸！奧勒夫在心中吶喊。

　　如此溫馴和善良的族類，如此單純和樸素的文化，卻在人類自私、貪婪和「為了拓展人類的精神領域」這個虛偽的藉口下一步一步地崩潰。啊！難道這就是星際探險的目的？作為破壞者的人類，最終也要將他的魔爪伸向星空嗎？什麼出於自衛、什麼保安措施、什麼維護人類的權益、捍衛人類的尊嚴和靈性……垃圾！統統都是垃圾！在殘酷的現實面前，這些空洞的謊言益發顯出它們的醜陋。人類何時才會汲取歷史的教訓呢？

　　好像受到一股無形力量的驅使，奧勒夫一步一步地走向昨晚的血案現場。又一場冷血的殺戮！根據報道，總共有十二個納瑪人被殺，三十多人受了重傷。很明顯地，肇事的原因是摩里斯乘夜盜取毛羚，卻被一個納瑪牧人碰着。這些毛羚的皮毛若是運返地球，可是價值不菲的珍品。奧勒夫可以十分肯定是誰先動武，劇毒的利齒和激光槍令兩人同歸於盡。只是，其間還有十二個納瑪人被無辜殺害。

　　不經不覺，基索雙星已經高掛西天。翠綠色的天空愈發明亮，以至正在東沉的依康已成為毫不起眼的一個黃點。奧勒夫的前面有一片微微向下傾斜的山坡。坡上黃棕色草木和盛放的紫藍色花卉正迎着晨曦的和風輕擺，在旭日的橙藍陽光照耀下顯得出奇地鮮艷奪目。這是納瑪的春天，也是奧勒夫可以見到的最後一個納瑪早晨。

　　這個下午，新的生態主任將乘坐「北落師門號」補給船

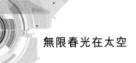

抵達，而奧勒夫則會被同一艘船帶返地球接受太陽系議會的審訊。他知道他將被控鼓吹「親納瑪」的言論，甚至被控蓄意破壞納瑪星球的殖民計劃。他不知道審訊的結果會怎樣，反正他已經不在乎了。他唯一想到的，是怎樣能夠尋求希爾伯特教授的協助，令納瑪土著能逃過滅絕的厄運。希爾伯特曾經是奧勒夫在研究院時的導師，現在則是太陽系議會的參議員。他是新佛教徒兼著名的人道主義者，為了反對人類在軒轅十四的易乾星球對一種具有雛型高等智慧的飛行生物所推行的高壓政策，曾多次在議會上勇敢直言。只要他知道納瑪星上發生的事情，以他在議會中的影響力，也許仍有一線希望，可以挽救瀕臨崩潰的納瑪文化。當然更重要的是挽救納瑪土著本身，使他們能避過滅種的命運。

奧勒夫正在收拾思緒，預備返回營舍拾理行裝之際，整個天空卻突然爆了開來！

變化來得這麼突然，以至心神就像著了魔般膠着，根本無法理解是什麼一回事。說整個天空爆了開來並不誇張。最先出現的是股叫人睜不開眼睛的強光。這股光芒並非來自某一個太陽或甚至天空，而是來自四方八面。只一瞬間，光芒消失。奧勒夫驚訝地發現，他正在望向太空深處——整個蒼穹已變成了星光燦爛的夜空。而基索雙星就像兩個巨大的火球，浮懸在這個廣袤無垠的宇宙中間。它們發出刺眼的光輝，卻沒帶來絲毫溫暖。連同基索乙的巨型氣柱，兩個太陽像煞

耀照着永恆的導航明燈。可是彈指之間，星移物換，整個星空就像被一對如來的巨掌搓捻着，一些地方被拉長了，一些地方被壓扁了，一些更像被扭轉甚至反轉過來。總之，整個時空結構在不斷地蛻變。漸漸地，所有事物都變得如幻似真和色彩斑爛。不久，兩個太陽皆不知所蹤。一股詭異的紫金色光暈悠悠升起，並好像滲透到每一事物之中。

時間好像停頓下來。

一股聲音從四方八面傳來。聲音雄渾深沉，並挾着懾人的魔力和無上的權威，令人聽了不寒而慄。

「聽着！你們這班來自你們叫作『地球』的星球，並自稱為『人類』的生物！」

這必定是個噩夢，卻又不可能是夢。這是奧勒夫唯一能夠想到的東西。

「千百萬年前，」那聲音繼續說：「當你們還是一群聰明的猿類，先後熬過了地球上一個又一個的冰河紀，並從樹林小心翼翼地走出來的時候，我們已經遠遠地觀察着你們。我們耐心地看着，由最初的農業社會到最早的城鎮；由各個古文明到各個建立在虛榮、野心和血流成河的殺戮之上的帝國……不過，真正等待的開始，是你們引爆了第一個核武器，並隨即擺脫你們星球的引力束縛，闖進無盡的太空。最後，你們建造了可以跨越星際空間的推進器。關鍵的時刻終於來

臨……」

　　這是否一個惡作劇？抑或是納瑪人的祭司據説擁有的催幻魔法？不！這不是什麼幻象。這是千真萬確的現實。不要問我怎樣知道，總之我從心底裏便知道這是真的！奧勒夫輕聲地跟自己説。

　　「回顧你們的歷史，我們有充分的理由因為你們掌握了星際飛行的技術而憂慮。我們很仔細地監察着你們的發展歷程，包括社會的和技術的發展。你們當中雖然也出現過一些善良、正直、慈愛以及知性上和感性上穩定的個體，但這些都是極罕有的例外。你們族類的大部分成員，都是自私、好戰、殘忍和貪得無厭的。你們跟其他生物截然不同，因為它們只會為了求生而殺戮，你們卻會為了野心甚至娛樂而殺戮。你們的部落偏見不單沒有隨着時間而消失，反而隨着你們不斷發達的知識和科技，發展成為各種教條主義，導致更多的衝突和紛爭。生命的集體毀滅被合理化甚至神聖化。你們星球上的其他生物，皆被你們無故地趕盡殺絕。你們把一顆美麗的星球變成一個充滿苦難和血腥的屠場。你們令大地滿佈垃圾、令大氣層充滿廢氣、令江河湖泊甚至海洋都染滿了有毒的化學物質。你們在地球上的所作所為，極有可能在其他星球上重演。

　　你們控制了原子內部的巨大能量，卻對自己的行為失卻了控制。如果你們遇上跟你們不同的族類，你們會有什麼反應呢？你們會怎樣對待一個完全陌生的文明呢？回顧你們歷

史上的印加文明和阿斯塔文明，以及非洲土著和北美印第安人的命運，答案實在無法令人樂觀。

隨着星際探險而來的，是保存生命與文化的神聖使命。不單是一個星球上的生命與文化，而是眾多星球上千差萬別、豐富多姿的生命與文化。你們必須學會容忍和尊重其他族類，即使這些族類的信念與風俗是如何有違你們固有的本性，因而令你們極其反感。要測試你們在這方面的成熟程度，與一個文化上完全陌生而科技水平遠遠落後於你們的族類相遇，應該是最好的考驗。

納瑪正是這樣的一個測試。除了整個生物界外，你們在這兒遇上的東西都是真的。至於這個特別設計的生物世界，則是這次考驗的工具。它們都是為了測試你們各方面的本性而製造的。雖然沒有一樣生物是真的，但它們卻為你們的道德修養——如果有的話——提供了真實的寫照。

考驗如今結束了。我們已經有了決定，並即將宣判結果。你們都小心地聽着吧！

不用説，你們也該知道，你們在這次考驗中的表現糟透了。而考驗不及格的懲罰，是你們整個族類將被禁閉在太陽系內二千個地球年。如果你們的表現在頭一千年內有明顯改善的話，餘下的時間可能會改作監守行為。

離開這兒！把這信息帶給你們家鄉的同類。你們有一個納瑪月的時間，之後，包圍着太陽系的規範力場將會生效。

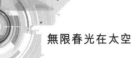

走吧！痛切反省和誠心悔改吧！」

痛切反省和誠心悔改！在奧勒夫的腦海中，這句話就像響徹宇宙的暮鼓晨鐘般來回激盪。強烈的情緒突然像決了堤般湧上心頭：一方面是強烈的憤怒，但另一方面卻是一種奇妙的解脫感覺。沒錯，這就是人類的結局，一個本該如此的結局。「太好了！可不是嗎！」他縱聲大叫，隨即跪倒地上痛哭起來。

我最早的一篇科幻小說，原著為英文，寫於十九歲唸中六那年，曾刊登於一九七五年的皇仁書院校刊《黃龍報》。這篇的創作靈感來自科幻女作家勒岡恩（Ursula K. LeGuin）的中篇小說 *The Word for World Is Forest*。

故事中提到的「拉格朗日行星」和「特洛依點」都是天文學中真實的概念。有興趣的讀者，可以上網從「維基百科」之中尋到 Lagrangian point 與 Trojan point 一看。

解放了的普羅米修斯

　　我從來沒有乘過火星駱駝。過去幾次訪問奧林帕斯天文台，都是乘離子直升機直抵頂部，因為任何有腳的機械交通工具，都會被地球人視為褻瀆的事物。

　　乘離子直升機只需半個小時的航程，乘火星駱駝竟用了一整夜。我們昨天黃昏從羅威爾市郊出發，到達山頂中途站時，朝霞已爬上了火星的天空。中途站在奧林帕斯頂峰下一百五十米之處，比火星的大地標準面足足高出二萬四千八百五十米。

　　雖然火星駱駝裝有避震系統，但疾跑時仍不免令座艙不斷輕輕搖晃，使我有點不適。當夜幕降臨的時候，透過紅外線顯示器往外看，原本已十分單調的火星景色顯得更為乏味。過去幾個星期所發生的種種事情早已令我心力交瘁，此刻我終於支持不住，在半路上打起瞌睡來。

　　「我認為周勵之不是那種壞人，不應該被判死刑。」我彷彿又回到中學最後一年的課室裏，坐在我對面的是同班同學斯坦尼，三年來他一直是我最要好的朋友。我們剛從廣播中聽到周勵之被處決的消息，他的罪名是「科學修正主義」，

因為他秘密地研究怎樣發展人工智能。

「任何企圖製造擬人機器的人，都是徹頭徹尾的壞蛋。」近來我和斯坦尼愈來愈談不攏了，現在他正在理直氣壯地闡述他的道理，「我看你是中了你舅舅那些禁書的毒啦！」

「但是那些書和人工智能根本毫無關係。它們都是關於太空探險和外星人的。」我反駁道。

「也好不了多少。」斯坦尼不是那麼容易被駁倒的。「那些關於飛向恆星的言論，都反映了一種不願與大自然和睦相處的傲慢心態。各個星球之間的遼闊距離，其實是大自然特意安排的。當我們對自己的同類還未完全了解的時候，就企圖與根本不存在的什麼外星人接觸，這是道道地地的反革命行為。」

我完全不同意斯坦尼的論點，反正那只不過是原封不動地從倫理學課堂上搬來的。但當時的我卻拿不出任何有力的理由去駁斥他。我惱怒我自己。每次我認為自己有道理，但又找不到合適的詞句來表達的時候，我都是這樣埋怨自己的。要是我能……

不知怎的，場景倏然轉到十二年以後。坐在我對面的仍然是斯坦尼，不過這次是我在拉薩文天文台的辦公室裏。他穿着綠色警察的制服，在肩上的銀色條槓顯示他剛獲晉升為指揮官。

「老張，我們是多年的老朋友了，我實在不想傷害我們之

間的友誼。我知道索黛絲是你的同事，也是你的好朋友，你一定知道她參加了普羅米修斯協會。我們現在想知道，參加這個組織的，還有哪些科學家，特別是天文學家。」他頓了一下、繼續說道：「你應該十分清楚，被認為是這種叛亂行為同謀者的話，會有怎樣的下場。」

那是在普羅米修斯協會遭到鎮壓一星期以後。「普協」是一個由各種專業科學家組成的地下組織，這個協會的目的是實現科學研究和開發科研成果的自由。索黛絲參加普協我是知道的，事實上，她曾經暗地慫恿我加入，但我因為有自己的計劃，婉言拒絕了。

眼下，索黛絲已經死了。她是被斯坦尼手下的警察殺死的。他們破門衝進她的辦公室時，她正設法銷毀普協成員的名單。「我不曉得她和普羅米修斯協會有什麼關係。」我竭力抑制着內心的悲痛與憤怒，一字一頓地吐出這句話。「我只知道她是個好人，是個優秀的科學家。她的死是科學界的重大損失。」

「她所做的一切都是對人類的背叛！」斯坦尼吼叫道。「你真的絲毫沒有改變，對嗎，老張？你知道，堅持這種異端邪說是會惹禍的，我給你一個機會，把你所知道的關於索黛絲的一切資料都告訴我，我保證你不會受到牽連，你甚至還會在學院委員會裏獲得晉升……」

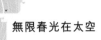

「請醒醒，張教授，到中途站了。」安部把我從不愉快的回憶中喚醒。安部征爾是史耐達博士的學生，也是我在羅威爾市的聯絡人。「我們從這兒乘電梯可以直達天文台。」安部解釋道。

在我們的座艙從火星駱駝轉移到升降槽之前，我抓緊時間瀏覽了一下周圍的景色。我雖然來過這兒不止一次，但每次看到這裏的景色時，都會油然生出一股驚訝讚歎之情。

奧林帕斯山不但是火星上的最高峰，也是全太陽系的最高峰。這座二萬五千米高的山峰雄踞亞馬遜尼斯平原，它比珠穆朗瑪峰高差不多三倍，但由於喜馬拉雅山本已位於海拔達五千米的青藏高原上，所以珠峰的絕對高度實際只等於奧林帕斯山的百分之十六左右。從身處的這個太陽系最高峰的位置往下看，亞馬遜尼斯平原的所有景色盡收眼底。

火星比地球小，所以在火星地面看見的地平線就比較近。可是如今登上了這座高峰，極目千里之感較地球有過之而無不及。游目四顧，此際的亞馬遜尼斯平原正沐浴在火星粉紅色的晨曦之中。過了一會，金光耀目的太陽開始從東方的地平線上冒起，最初懶洋洋似的，但不久即逐漸積聚能量，最後突然彈離了地平線。周遭的大地似乎瞬間被點燃了，一片紅彤彤的。起伏的山巒在這一片金紅色的光華中投下了一道道陰影，最大的陰影當然是由我身處的山峰所投下的。這道陰影向遠處無限伸展，似乎要誓死保衛黑夜，抗拒白天的

來臨。

這時我卻被吞沒在另一種黑暗之中。火星駱駝的座艙已被轉移到升降槽之上，外面的奇妙景色一下子被隔絕了。不過，在失望之餘，我也趁此機會略為休息一下，好讓情緒在會見主人家之前穩定下來。

「我等了你一整夜啦！」艙門剛一打開，在門外等候的約翰·史耐達博士就對我嚷道。「我壓根兒沒睡。什麼風把你吹來了？來得這麼神秘，而且還在獨立的前夕！」他那雙強而有力的大手緊緊握住我的手，一下子把我從電梯裏拉出來。他一刻也沒有停止說話，最後我只好打斷他的話頭。

「我們可以先到你的辦公室再說嗎？」我說。

「當然可以。往這邊走，我的老朋友。」

我們從樓梯走上較高的一層。這層樓我比較熟悉，大多數的辦公室都設在這兒，而且還有一間設備完善的演講室。三年前我曾在這間演講室裏做過一個關於 ISM 磁場的講座。史耐達帶着我走過一條短廊，不知不覺就到了他的辦公室。

他的辦公室內最吸引人的，是辦公桌後面的大窗子，因為窗外的景色實在壯麗得可以，當你想起窗外的氣壓還不及地球大氣壓的百分之一時，就會倍感驚奇了。雖然在我自己的拉薩辦公室往窗外看，也能欣賞異常美麗的景色，而且不少來訪者也曾嘖嘖稱奇，然而我還是一直羨慕史耐達，可能是「這山望那山高」吧。

「來來來！請君內進！」史耐達微彎着腰，並以他特有的誇張手勢示意我進內。

「你肯定這裏沒有竊聽器嗎？」我站在門口輕聲地問。「要知道，我關心的不僅是自己的安全，更重要的，是你的聲譽和我們的計劃成功的機會。」

「我們的計劃？你說的是什麼計劃？不過，讓我先回答你的問題——沒有，我可以肯定這裏沒有什麼竊聽器。誰願意來這裏偷聽有關『紅位移』、『3K 輻射』、『大虛空』，或是『銀河黑洞』這類話題呢。再者，這兒是火星，不是地球，在從事科學研究方面，我們總算擁有頗大的自由。」

「希望你的判斷是正確的吧。因為我要告訴你的，是極其重要的事情。」我一邊說一邊走進他的辦公室。史耐達隨手把門關上，然後用運動員般的矯健步伐趕到我前面，一屁股坐到桌子後那張全真皮的大椅子上。我在他對面的椅子上坐下，舒了一口氣，目光也從瑰麗的火星高山景色移到他那長滿鬍子的臉上。

「你聽說過『全天域綜合勘察』嗎？」我緩緩說道。

「當然聽說過。我還知道你為了把這計劃付諸實現，做了大量的游說工作，這麼說，你們已得到一些有趣的結果了？可以告訴我結果是什麼嗎？」

「不單可以，你即將聽到的，將會是你有生以來最令人震撼的科學成果。」我刻意頓了一頓，賣個關子，然後緩緩地

說道，「我收到外太空智慧生物發來的信號！」

「你不是在開玩笑吧？」史耐達這時的表情也着實蔚為奇觀。眾所周知，他在天大事情面前也可以面不改容的能力，在行內是出了名的呢。

「不，我不是開玩笑。自從一百多年前佛蘭克・德雷克首次做出嘗試以來，我是第一個將夢想變為事實的人。我已經在科學史——不，是人類歷史上佔有一個席位。不過，」我苦笑了一下，「那是一個怎樣的地位，還要看以後的事情怎樣發展。」

「等一等，你究竟收到什麼信號。會不會像上個世紀一樣，把快速旋轉的中子星輻射誤作外星人發射的電波？又或是像本世紀初所發現的諧振序列——最後發現原來是微型宇宙弦的震盪罷了。大自然往往喜歡捉弄我們這些自作聰明的人，尤其是像外星生命這樣容易激動人心的題目，我們更要加倍小心呢。」

「不，不，我知道這是真的。我已把信號錄在光碟裏，你等會兒可以親自看看。不過，請告訴我，什麼自然現象會以無線電脈衝顯示出勾股定理呢？而且先是用自然數顯示，然後再用二進制數字顯示？」

「顯示勾股定理的無線電脈衝？那是怎麼回事？」

「那信號是 3、4、5，停一下，然後是 9、16、25。這不是很明顯嗎？」

「那可真很明顯。不過，接着的信號還説些什麼呢？」

「接着當然還有更多。你要是真的要破譯光碟上的所有資料，即使不要幾年，也總得花上幾個月的時間。這也是我來這兒的原因之一。不過卻不是最迫切的原因。最重要的原因，是看看能否利用你們的設備，在未被地球政府發現之前，向對方發出回覆信號。你看我們能不能在幾個小時內把望遠鏡安裝好？恐怕我們的時間不多了。」

「你説的是什麼回覆？是回覆向我們發出信號的『人』嗎？那可是政府的事啊！」

「是的，不過我相信蓋阿議會絕對不會這樣做。而為了避免得罪地球政府，火星政府相信也不會採取行動。他們甚至不會把收到信號這回事公諸於世。人類歷史上最重要的發現，將會被列為最高機密而永遠被隱藏起來。當然，這一切都會以『保護人類福祉』的名義進行。」

「你這套觀點雖然悲觀了些，但想來也實在難以辯駁。」史耐達歎了一口氣。「但另一方面。在這個時候回答來自外太空的信號，是否明智之舉呢？雖然現今政權的很多做法我是不贊成的，但我也可以找出很多不回覆信號的理由。」

「例如呢？」

「好吧。要是那些發信號的『人』對人類心懷不軌，甚至要征服和勞役我們，那怎麼辦呢？説不定他們會把我們當作獵物，以為他們提供狩獵的樂趣，甚至當作科學實驗的實驗

品。誰敢保證不會這樣？正所謂『非我族類，其心必異』，他們的思想和我們可能完全不一樣，他們的動機和價值取向也可能跟我們的截然不同。在沒有把事情弄清楚之前，貿然回覆他們不是很危險嗎？」

「唉，算了吧！我還以為你不愛看科幻小説的呢。你以為他們花那麼多力氣，做那麼多準備工作，僅僅是為了引誘他們的鄰居暴露自己嗎？更重要的是——我想所有的科幻小説都不會提到——你所假設的那種侵略要花費的時間。噢，我好像還沒告訴你信號是從哪裏發出的。它是從天秤座一顆名叫格侖 211055 的恆星那兒發出的，這恆星離太陽系大約一百一十光年。」

「是一顆類似太陽的恆星嗎？有沒有發現一些行星環繞着它運行呢？」史耐達一邊問，一邊已在案頭的電腦終端機上查詢有關的資料了。

「不完全像太陽，但很接近，是個 K1-IV，比太陽冷些、暗些。」我回答道。

他的手在鍵盤上飛快地敲打，才幾秒鐘就得到所需的資料了。他臉露喜色，「比太陽暗 28%，它的大部分能量都集中在 IR 光譜的地方。」

「我們暫時不要理會它的光譜分析。我要説明的是，我們收到的這些信號踏上旅程已有一個世紀多了。我們若是答覆，他們也要一個世紀以後才會收到。如果他們接收我們的信號

後馬上決定侵略我們,而且以光速前來——當然這是不可能的——那麼,他們從發出第一個信號到抵達這兒,整整要花三百多年時間。你想,他們會這樣發動星球大戰或建立銀河帝國嗎?那是完全沒有意義的。」

「對你毫無意義的事情,對一個超級文明可能很有意義。哥倫布的航程對那些只有二十四小時壽命的昆蟲可能是沒意義的。不過,要是我們所說的那些『人』的平均壽命是一千歲,那麼,花三百年或者一百年——如果只算旅程所花的時間——去征服一個世界,那就是很值得的了。誰敢保證他們不可能這樣做呢?也許他們還可以打破光速的極限呢!安德森最近發表的兩篇關於 Σ 場共軛震盪的論文,你也許經已看過了吧?」

「我看他是胡吹大氣。不過,讓我們從另一個角度來看吧。試想想,一個能夠跨越遼闊的星際空間的文明,必定擁有比我們先進得多的科技,那麼他們還需要向我們掠奪什麼呢?一個已經開發了真空潛能、充分掌握了基因工程技術,並擁有馮諾曼式機器的文明,還有何求呢?當然,除非他們也受到一個像我們政府那樣的政權所禁止,不能做自己想做的事情。我的意思是,害怕被外星文明征服,實際上是對科技的威力認識不足所造成的一種恐懼症。」

「還有,」我繼續說,「一個族類的道德水平如果追不上它的科技水平,那麼他們在未懂得跨越星際空間之前,便肯

定會因為核子戰爭而自我毀滅。一個擁有高超科技的文明，決不可能在精神上仍然停留在野蠻和暴戾的狀態。」

「你的意思我明白，可是⋯⋯」這時傳來了敲門聲，「請進。」史耐達說。安部從半開的門探進頭來，說：「對不起，打擾你們了，不過早餐已準備好了。」「好的，我們這就下去。」史耐達邊說邊站起來。

「走吧，親愛的朋友。在做重要的決定之前應該先飽餐一頓，好好休息一下，對嗎？你長途跋涉上山，夠累的了。我們先塞飽肚子，再起碼睡他幾個小時。你要是想洗個澡，我有多餘的衣服，雖然你穿起來可能會鬆了一些。唔，現在再看清楚，你肯定比上次見面時瘦了。」

吃早餐時，我簡單說了收到信號的經過，還談到如何避開研究局的重重監視。我告訴他我是怎樣藉口休那一再拖延的假期，以便離開工作崗位。我最先去了地球軌道上的「一號島」，然後在一位任職太空移民局的朋友幫助下，以假護照乘上一艘主要是運送糧食和藥物的太空船，秘密地抵達火星。

「老實對你說吧，我之所以到這兒來，是因為在我所信賴的朋友當中，你是唯一有條件幫我實現計劃的人。我知道這樣做，可能會危及你的事業，但我沒有其他選擇了。」我抱歉地解釋。

「如果不用來出賣，要朋友來幹什麼？」這是史耐達愛

說的一句戲語。「不管怎麼說，我們先休息一下。然後再解決這個問題。順便問一下，我可以在你睡覺的時候看一下你接收到的那些資料嗎？我恨不得馬上便看看這些天外來鴻呢！」

我這「片刻的休息」竟成了大半天的酣睡，我醒來時已是火星的晚上，牀頭櫃上有一張史耐達留下的紙條，說他在飯堂等我。

我抵達飯堂時史耐達已快吃完了，那兒的全息電視屏幕正在播放火星各地為明天的獨立慶典做最後準備的情況。「我原來打算等你一起吃的，可是我實在太餓了。」史耐達有點不好意思地說。他招手示意我坐在他身旁那面向屏幕的位置上。

「你知道嗎？即使你沒有來，這幾個星期我單是為了獨立的來臨便已夠興奮的了，」他側身對着我說：「現在你又帶來了這片光碟。我已粗略看了一遍原始的無線電信號和你的初步分析。真了不起，太令人興奮了！在太空深處竟有一些外貌和生活方式極可能與我們迥然不同的生物，卻和我們想着同樣的東西。這一事實雄辯地證明了邏輯、數學和科學的驚人普遍性。」

「這麼說，你是答應執行我的計劃，發射答覆信號了？」

「是的，我們要答覆，這點沒有疑問。問題是，我們應否

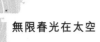
自己來做，還是由有關當局來安排呢？我看這不是我們可以
處理得了的。」

我沒有回答，因為史耐達的注意力剛被全息電視傳來的
吵鬧聲吸引住了。這時播放的，是一個關於人類到火星定居
的歷史紀錄片。「我們看完這部片子再談好嗎？」史耐達說。
我知道他是個非常愛國的火星公民。我還聽說過，他的弟弟
參加了二零七四年馬尼坎特拉起義，並在事件中慘遭殺害。
是以我沒再往下說，也把注意力轉到屏幕上去。

眾所周知，人類是在二零二二年首次踏上火星，二十年
後，地球上便發生了「蓋阿大災難」，二十九年後又發生了
「大碰撞」。火星殖民地經歷了一段高速發展時期以後，在
地球的大紛亂時期，也遭受了巨大的衝擊，一半以上的人口
死了，其餘的人也只靠着超人般的毅力和奮鬥，才得以死裏
逃生。

片子說的雖然是火星殖民的奮鬥歷史，我的思緒卻無可
避免地轉到他們的故鄉——地球——上來。最先是二零四二年
的全球性生態大災難。這場災難是由基因改造的 PSP 病毒引
起的。那之所以會變成全球性災難，實在是由多種因素所造
成，其中包括了處理不當和疏忽，也包括了純粹的運氣不濟。
地球仍未從這場災難中恢復過來之時，又發生了二零五一年
的巨型流星碰撞。舊金山和洛杉磯被碰撞所引發的地震和海
嘯毀於一旦。大碰撞不但在地震儀上造成強烈的反應，還在

心有餘悸的人們心頭造成更大的震撼。對許多人來說、這是
上帝對人類的傲慢行為的懲罰。

在文明世界的瓦礫中，最後出現了以大地女神 Gaia 命名
的「蓋阿議會」和「綠色綱領」——環保主義終於奪得了政權。
人類的一切不幸都被歸咎於「萬惡的」科學，所有以求知為
目標的科學都被斥為「浮士德科學」。二零六一年，哈雷彗
星再次回歸，而人類竟沒派任何飛船進行探測。歸途中的哈
雷目睹人類對太空的興趣大減，與一九八六年它回歸時看到
的那種「哈雷彗星熱」成了強烈的對比。這種變化着實不可
思議，卻又實實在在地發生了。

「……竟會這麼殘暴不仁！」史耐達突然叫道。

「你説什麼？」我問道，一邊把注意力轉到電視屏幕上
去。原來屏幕上出現了殖民地政府血腥鎮壓馬尼坎持拉起義
的情景。

「我説歷史真會嘲弄人。從保護環境、與大自然和睦相處
的良好願望出發，最後竟導致這樣的殘暴行徑。」史耐達對
着屏幕搖頭歎息。

「噢，我念書時就研究過你所説的這種所謂的『嘲弄』
了。」我變得嚴肅起來。「説到『良好願望』，歷史上不是
有人抱着建立『理想國』的『良好願望』去改變社會嗎？然
而結果給人類帶來多大的災難啊！同樣，二十世紀那些將自
己的身軀，連同那經不起風浪的橡皮艇一起橫在捕鯨船前面

的人，肯定也不會贊成當今政權的種種做法。我的結論是，一切否定科學和理性的哲學，不論出發點如何正確，最終都會導致教條主義和專制主義。」

我們就這樣暢談天下大事。我把自己所知關於普羅米修斯協會的情況告訴了史耐達，但我很謹慎，避免提及任何成員的名字。而史耐達則把火星獨立後，其政府將會推行的一些大計告訴我。當他把珍藏的火星威士忌拿出來以後，我們的談興更濃了。幾個星期以來從沒有這麼痛快過！我們一直談到半夜才分頭就寢。

「老張，我還是有另一種想法。」史耐達忽然說。打從早上我們見面時起，他就一直一副若有所思的樣子。我當時以為是設備發生了故障，因此當他在吃早餐之際把困擾他的原因講出來時，著實使我大感意外。「我覺得我們應該取消這個計劃，因為任何接觸都會是弊多於利。或許我們應該繼續接收信號，弄清楚是誰發出的。」

「可這是為什麼呢？是不是外星侵略者的夢魘在昨晚捲土重來，使你又害怕起來了？我們不是已談得好好的嗎？」我被他的突然變卦弄得氣沖沖的。

「不，不，我不是說實質上的侵略，而是擔心這種接觸——哪怕僅僅是無線電接觸——會對人類造成的心理的影響。我這話或許聽起來很牽強，但我相信，一個文明不單可

以在實質上受到重創，還可以在心理上受到重創。」

「你這話我聽不懂，可以說得明白一些嗎？」我說。

「好吧。你想一想澳洲的土著或愛斯基摩人的遭遇吧。我們並沒有掠奪他們的預謀，更沒有消滅他們的企圖，但是他們的文化、價值和傳統都逐漸消亡了。你可以把這種現象叫作『殖民侵蝕』，也可以叫『文化衝擊』，還可以叫作『自然淘汰』作用，但無論叫什麼，結果都是一樣。」

「所以你認為，如果我們和一個比我們高級得多的文明接觸，我們也會被摧毀，是嗎？」

「不是物質上被摧毀，而是在種族自尊、文化傳統和進取精神等方面的摧毀。」史耐達一字一頓地總結出他的觀點。

我深深吸了一口氣，然後說：「你以為我完全沒有考慮過這個問題嗎？事實上我也曾分析過，但結論和你的完全不同。人類當前最缺乏的，正是你方才所說的那種進取精神。我們如今的這種極端內向的心態，完全是現政權所鼓吹，甚至強迫人們去接受的。正當人類開始掌握了馳騁於星際空間的能力之時，我們卻放棄了整個宇宙！」

「哲學家懷海特曾經說過：『沒有了冒險，文明便會衰落。』我還記得一位二十世紀的小說家曾經這樣說過：『一個社會如果不知道自己在宇宙中所處的位置是多麼微不足道的話，這個社會就不是一個真正的文明社會。也就是說，它包含着一些會使自己在某種程度上失去平衡的致命因素。』

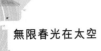

人類目前正是處於這種境況。而跟外星智慧生物的接觸，就活像一柄錘子，可以敲破這個綑縛住我們的蠶繭。」我停下來吸了一口氣，禁不住又加上一句：「請記住，引致文藝復興出現的一個重要因素，是外向和開放的世界觀，而不是內向和封閉的世界觀。」

「不過你還沒有回答我的問題。」史耐達仍在堅持。「你是否認為一場『超級文化衝擊』不會帶來任何不良的影響呢？如果人類的自尊受到嚴重的打擊，難道這不會令我們的文化失去活力，使我們像印地安人那樣走向沒落嗎？」

「不，我沒有否定這種接觸可能帶來的不良影響。但我相信，我們是一種適應能力極強的族類，完全可以承受這種衝擊。我還可以舉出幾點支持我的論點，首先，你不能把印第安人或南太平洋的玻里尼西亞人和西方文明的接觸，與我們和另一個更先進文明的接觸等同起來。歷史從來不會簡單地重複。我們的文明可能比不上『他們』，但我們仍有極高的智慧和科學技術。我也打個比方：我們與外星人接觸，就像一名十六歲的中學生和六十歲的愛因斯坦的交往，而不是一個三歲小童和一個二十歲的青年打交道。何況我們還有最好的心理學家，可以幫助我們充分作出迎接這種衝擊的心理準備呢！

「說到準備工作，這也就涉及我要談的第二點。如果我們現在就答覆那些信號，以後再和發信號的族類進行全面接觸，

我們就有充裕的時間來為未來的相會做準備；反過來，如果
人類完全被蒙在鼓裏，而有朝一日外星飛船突然從天而降，
那只會引起更大的恐慌和混亂。這並不是一些低級科幻小說
中的情節，因為，既然肯定外太空有高等智慧生物，那麼人
類和他們的接觸就只是時間問題而已。你建議不答覆，其實
是一種鴕鳥政策，最終的結果仍是逃避不了。

「説到對人類尊嚴的打擊，我不否認有這種可能性。但是
我覺得，如果這樣可以帶來更偉大的事情，這不過是很小的
代價。有了步槍之後，愛斯基摩人投擲魚槍的傳統技巧也就
日漸式微了。如果我是個愛斯基摩人，我可能會感到這是很
遺憾的一回事。但另一方面，一個奇妙的新世界卻在我面前
展開，我會學到元素周期表、牛頓力學、麥克斯韋方程式、
相對論和量子力學等等。比起投擲魚槍的技巧，這不是更令
人激動的事情嗎？」

「至於藝術方面，」我繼續説道：「等待着我的是米開朗
基羅、侖布蘭和貝多芬。海雅德爾你一定聽説過吧？他被認
為是二十一世紀最偉大的作曲家。他出生於芬蘭一個飼養馴
鹿的家庭，如果他墨守傳統的話，最多可能成為一個出色的
馴鹿師，但我們就永遠聽不到他那雄壯的第六交響樂和不朽
的第一號鋼琴協奏曲了！」

可能沒有想過我會這樣雄辯滔滔，史耐達一時間不知怎
樣回應。

「好吧，」半晌之後，他帶着點猶豫的口吻說：「我承認自己沒有從那麼多的角度看問題。再給我一點時間好嗎？我要好好地想一想。」

「想一想當然可以，可不要想得太久。我知道綠色刑警正在跟蹤我。我們一定要在他們發現我之前採取行動。」

史耐達整個上午都把自己關在辦公室裏，而我則在圖書館裏利用天文台的電腦對那些信號作更深入的分析。吃午餐時，我第一次見到天文台的所有工作人員：分光專家佛蘭克、技術員賽切羅和廚子兼守門人波利斯；當然，還有我的「嚮導」安部征爾，他是史耐達的研究生，專攻天體化學。

午餐後，史耐達把我帶進他的辦公室。我們坐下後，他用那雙又深又大的眼睛盯住我。我以前從來沒見他這麼嚴肅過。最後，他終於開腔道：「我想通了，我同意按照你的計劃去做，可是啊，我親愛的老張，這絕不是一個容易的決定，一點也不容易。我這次是『捨命陪君子』啦！」

我長長地舒了口氣，癱在椅子上：「你可知道我聽到這消息有多高興！」

「不管怎樣，」史耐達說：「我已經想過了，我打算把T1型望遠鏡改裝為一台發射器。除了電路設計以外，電源是主要的問題。這個問題我無法獨力解決，即使是兩個人——如果把你也算進去——也不行。我們還需要額外的助力。我

建議請我的研究生安部幫忙，他是個電子儀器方面的天才。」

「可是，那不是要讓他知道我們的計劃了嗎？」我充滿疑慮地問道。

「所以我才特地找你來徵求你的意見。我想只好讓他參與我們的計劃了。他是個十分聰明的年輕人，我們橫豎也瞞不過他的眼睛，也只好冒一次險了。」

就這樣，我的「嚮導」就成了這個秘密計劃的第三個同謀者了。史耐達沒說錯，安部的確是個頭腦敏捷的年輕人。他聽了我的敘述之後，先是大吃一驚，繼而是一陣興奮，但很快就冷靜下來，一本正經地考慮「220計劃」的細節了。「220」計劃是他為我們的計劃起的代號，因為我們起碼要二百二十年以後才能收到對方的回覆信號呢！

整個下午，我們三人都聚在一起研究我們的計劃。除了發射信號方面的技術問題外，我們還圍繞着回電的內容展開了熱烈的討論。我在離開地球之前就擬好了一篇回電，這時我把它拿出來，幾個人反覆斟酌修改。大半天過去後，我們終於有了整個行動的具體計劃了。

一道巨大的障礙被跨過了！我終於看到自己的計劃成功在望。而幾個月前，這個計劃還好像海市蜃樓般可望而不可及。

奇怪的是，眼下的我卻沒有得意洋洋的感覺。

晚上，我待在房間裏聆聽海雅德爾的第六交響樂——宇宙交響樂。這個微型唱機是我從地球帶到火星為數不多的物件之一。在海氏的十二首交響樂中，我最喜愛第六首。其中的第一樂章是關於宇宙那令人敬畏的美，第二樂章則描寫在一顆細小的行星——地球——之上，人們簡單而淳樸的快樂生活。這些樂章都予人無限歡欣的感受，真箇是百聽不厭。但第三樂章我聽了總會流淚，它描繪的，是人類在廣袤無垠的宇宙中的孤寂，一種令人感到絕望和窒息的孤寂。

海氏的作品是在「獨特論」佔壓倒性優勢的時候創作的。當時人類在經過一個多世紀的努力探索後，始終未有發現任何外星智慧生物的蹤影，既無任何無線電信號，也沒有天體工程或銀河殖民的任何痕迹。

人類在宇宙中真的是孤獨的嗎？難道生命這種現象只在我們銀河系的歷史上出現過一次？我從一開始就對「獨特論」表示懷疑。無數個太陽放出的光和熱，怎可能都在星際空間的黑暗中浪費掉呢？

交響樂已奏到最後一個樂章了。這個樂章描述的是精神對物質的超越和人類的命運。一個狂烈的 B 小調在眾多的樂聲中脫穎而出，正努力地尋找它最後的昇華。人類的命運將會是怎樣的呢？我不歇地自問。或者應該這樣說：人類的命運「應該」是怎樣的呢？停止一切冒險和探索並把精力獨善其身，從而得到靈性上的滿足，這是否就是人類應該努力的

方向？還是應該和其他有智慧的生物共同探索這個浩瀚而奧妙的宇宙呢？如何才能確定，宇宙對好像我們這樣年輕的族類是慈悲還是歹惡的呢？回答那些來自外太空的信號，會不會使人類失去這些選擇的機會，甚至威脅到整個族類的存亡呢？

為了令史耐達支持到底，我只好把這些疑慮藏在心裏。今天和史耐達爭辯時，我實有一種似曾相識的感覺，這是因為我進行這種討論已不止一次——不是跟別人，而是跟我自己，是透過不同的角度反覆進行。今天讓史耐達不放心的問題，其實這幾個月來也一直纏繞着我。史耐達實際上說出了另一個「我」的心聲——那便是：一個人有權決定全人類的命運嗎？

往後幾天，我竭力排除一切疑慮，專心一志投入工作，我們討論得比較多的，是如何在發射信號後向火星政府作出報告，才能避免激怒蓋阿議會。另一方面，我們又要確保這消息不會成為秘密，要讓火星和地球的人民都知道，我們考慮得最多的還是這項消息對公眾可能產生的影響，以及可能引起的火星政府和地球政府之間的外交風波。

T1 望遠鏡的改裝工作已接近尾聲，如無意外，明天就是發射的日子了。「對不起！」安部拿着一份電文闖進飯堂，他那稚氣未脫的臉上罩着一抹愁雲。「我們剛才收到氣象局

的警報，」他繼續說：「一股巨大的沙塵暴正向我們這邊推進，估計於 15UTC 左右便會到達，亦即約三小時以後。」

史耐達接過電文，迅速看了一眼。「哎喲，這可是個超級的沙塵暴啊！」他整個人彈了起來，「看來氣象局前幾天發出的黃色預警倒不是騙人的。如果他們沒搞錯，這將是『全球沙塵暴監察網』建立以來觀察到的最大風暴，比一九七一年迎接『水手九號』太空船的那次還要大。我們必須趕快把各種設備蓋起來。對不起，老張，你繼續吃你的午餐吧。安部，請立刻通知佛蘭克和賽切羅。」

風沙颳了七整天。七日七夜，一刻也沒有停過。在天文台的每一個角落，都無法逃避那隆隆的震動。很難想像這樣稀薄的大氣層竟會擁有這樣巨大的能量。大多數時間裏，我們和外界的聯繫完全中斷了，唯一可做的便只有等待。安部開玩笑說，要等到天開了，我們再給人類開闢一個新的天地。

沙塵暴終於在一個上午戛然而止。我一覺醒來時，發覺周遭一片寂靜。我困惑了好一會，才想到是沙塵暴停了。當我走進控制室的時候，史耐達和安部已經在裏面了。他們站在控制台前，眼睛盯着觀景窗。隨着防沙盾向兩邊緩緩打開，亞馬遜尼斯平原的全景透過碳化玻璃再次展現在我們眼前。昏暗的氣氛完全消失了，陽光灑進了控制室，令人產生一種奇妙的興奮感覺。外面的大氣清新已極，一眼望去，似乎可以看到天邊。

我們忙着安裝發射儀器，突然，安部叫了起來：「瞧，離子直升機！」沒錯，那是一架離子直升飛機。一種不祥的預感猛然抓住我的心頭，把它拉進恐懼的深淵。我知道飛機上坐的是誰。奇怪的是，我首先想到的不是自己的安危，而是一號島上那位曾經幫過我的朋友。

離子直升機快速地飛近，不一會就可看見機身上漆着的綠色警察徽號了。「快點！」我喊道：「我們必須在他們到達之前發射！」這時室內的對講機響了起來，是賽切羅的聲音。「史耐達博士，直升飛機上的綠色警察透過無線電要求使用降落台和氣閘進入天文台。我們應該照辦嗎？」

「他們一定是被沙塵暴耽擱了幾天，一直等到現在！」我咬牙切齒地説。「不，告訴賽切羅，問他們來這兒幹什麼，有沒有搜查令，盡量拖住他們。」

在史耐達與賽切羅通話的空當，安部勝利地宣布：「天線豎起來了，隨時可以發射了！」

「好！我們立即發射吧！」我大喜説道。但是安部突然轉向我，臉露失望之色，「一切都準備好了！可是目標卻還在地平線以下三度！」

「見鬼！」史耐達怒吼道：「這該死的星球不能轉快一點嗎！」

「他們説持有逮捕令。」對講機傳來賽切羅的聲音，「恐怕得讓他們進來了，史耐達博士，他們已經抵達氣閘入口

了！」

我突然萌生一個念頭，「安部，你能不能立即改寫電腦程式，使這個系統可以在目標出現時反覆地自動發射？」

「改寫程式倒容易，問題是沒有足夠的電源。我想最好是命令系統在目標出現時立即發射一次。」

「好，就這麼辦！」為了爭取多一點時間，我飛奔到控制室門前，鎖上了門閂。

我還未走回到安部的身邊時，即聽到樓梯上傳來一陣急促的腳步聲，不久即有人在門外叫囂和大力拍門。接着沉寂了一會，然後一聲嚇人的槍響，門閂被打掉了。大門隨即被粗暴地推開，一群綠色警察一擁而入。領頭的指揮官不是別人，正是我的老朋友斯坦尼。

「把手放在頭頂！」斯坦尼嘎叫，他身後是三個火星綠警，包括一名警官和兩名警員。安部站起來，把手放在頭上，低聲對我說：「對不起，張教授，程式還沒編好，還需要人手操作才能發射。」

人手操作的按鈕在控制台的另一端，離我大約兩米，我於是悄悄向着那個方向挪動。

「別動！」斯坦尼高叫。他用手槍指着我說：「老張，你被捕了。我知道你想幹什麼。你最好別動，我不願意射殺自己的老同學，但是如果有人逼我這樣做，我將會絕不手軟。」從他的眼神，可以看出他是當真的。

　　難道我所做的一切就這樣白費掉？不，還有一線希望：「你怎麼知道我在這兒？」我盡量爭取時間。

　　「你把我們的情報工作估計得太低了，還低估了我們不少公民同志對政府的忠誠！」

　　我露出一副不屑的笑容，「算了吧，斯坦尼，如果你們的情報工作那麼棒，你們的公民又那麼忠心，我還能來到這裏嗎？照理，我早就應該被送進你們在戈壁的勞改營了。」

　　斯坦尼的臉龐霎時蒙上了一片黑氣，我知道我擊中了他的痛處。他狠狠地說：「那只是一個小小的失誤。我保證這種情況不會再次……」

　　「目標在望啦！」安部在我背後低聲叫道。

　　我想也沒想就撲向按鈕。「抓住他！」斯坦尼叫道。我撲到按鈕旁邊時，他開槍了！一顆子彈擊中了我的胸膛，我頓時打了個踉蹌。但我顧不得疼痛，也顧不得鮮血直流，伸手攀住控制台。又一顆子彈打中了我腰部，卻也沒能阻擋住我。我用盡最後的力氣，撳下按鈕。

　　我倒在血泊之中，斯坦尼還在瘋狂地射擊，但不是射向我，而是射向控制台。可是沒有用，信號已經發出了！

　　喘急的氣息迅速地減弱，起初我仍然可以看見自己流滿一地的鮮血，後來連這也看不清了。在黑暗完全降臨之前，我只有一個念頭──但願我所做的一切是對的……

題目中的普羅米修斯（Prometheus），是希臘神話裏從奧林帕斯山上盜取火種贈予人類，從而開啟人類文明的神祇。我之所以借用這個名字，主要受到科幻作家 Ben Bova 的非科幻作品 *The High Road* 所啟發。書中的第七章名為 "The Luddites vs the Prometheans"，前者比喻反對科技和進步的人，後者則比喻擁護科技、進取和富探險精神的人。正是基於這一比喻，我才把故事中的科學家秘密組織稱為普羅米修斯協會（簡稱「普協」）。

至於本篇的題目，實抄襲自科幻作家 Brian Aldiss 的作品 *Frankenstein Unbound*。我對這一名稱本是頗為滿意的，不幸的是，我後來才知道這個我自以為獨創的名稱 *Prometheus Unbound*，原來源於二千五百年前古希臘劇作家埃斯庫羅斯（Aeschylus）的一齣名劇，而於一八二零年亦曾被英國著名詩人雪萊（Percy Shelley）借用到他的一齣話劇之中……也就是說，Brian Aldiss 的 *Frankenstein Unbound* 仍抄襲自這一名稱。如今我誤打誤撞，竟「抄」回原來的名稱！

名稱是否原創當然只是小事一椿，重要的是故事背後的意念。我有一個建議，如果閣下是一位老師——特別是通識科的老師，大可引導你的學生進行一場好像故事中的辯論：「回答還是不回答？」辯論過後再把這篇故事給他們閱讀，看看他們的結論有否因而改變，好嗎？

大地之歌

第一回　何處覓蓬萊

「……對不起……進入拿波里星系……的天體……探測的結果呢？」

剛剛入睡的我，在朦朧中被小蘭的聲音喚醒。

「什麼？妳説什麼？」我滿帶睡意的問道。

「打擾你，對不起，杜先生。」小蘭的聲音再次響起：「但我們已經開始進入拿波里行星系的範圍，並探測到可能是蓬萊星的天體。你是否要看看探測的結果呢？」

「小蘭為什麼會在半夜三更把人吵醒？」小蘭還未説畢，在旁的老伴香婷即咕嘮地投訴：「警鐘又沒有響，會有什麼緊要的事情呢……？」

「我也不知道……」我先是敷衍地答。但當小蘭的報告穿過我的迷糊意識，抵達我的大腦時，我整個人從牀上彈了起來！

「蓬萊星！妳找到蓬萊星了嗎？」我向操縱着整艘星矢號——也可以説根本就是星矢號——的超智電腦小蘭問道。

「未能百分百地肯定，按照現有的資料，吻合率是百分之

八十二點四。杜太太，是杜先生告訴我，無論在任何情況下，只要探測到蓬萊星的蹤迹，必須第一時間向他作出報告的。」

「是了！是了！」小蘭就是有這個囉囉唆唆的毛病。「快把影像放出來吧。」我命令道。

睡牀對面的牆幕上，亮起了一個模糊的藍綠色行星影像。與此同時，小蘭讀出了一系列迄今探測到的行星資料。她未讀完我已十分肯定，這便是我千辛萬苦要尋找的蓬萊星球！

讀畢後，小蘭頓了一頓，說：「還有一點。不久前，我收到一些來自這顆行星的微弱無線電信號。經過分析，很可能是人類音樂的一種。但由於你沒有作出指示，所以我沒有把它跟船上資料庫中的音樂逐一作出比較。」

來自蓬萊星的無線電信號！本已十分興奮的我，心跳再度加速。「快播出來聽聽！」我急不及待地說。

霎那間，房中響起了一把由管弦樂伴奏着的女聲。雖然其中夾雜着不少無線電的噪音，但從歌聲與樂聲的起伏跌宕之中，仍能感受到一股使人毛髮直豎的凄美！

「這……這首樂曲很熟啊！可是我一時間卻記不起是什麼，唉！這應該是……」我一邊抓着頭髮一邊拼命地想。

扣人心弦的歌聲嫋嫋不絕，像是對我不濟的記憶的嘲弄……

「是《大地之歌》！馬勒的《大地之歌》！」妻子香婷突然在旁邊說。原來她亦已坐在牀上，並正閉上眼睛專注地

聆聽。

「是啊！為什麼我竟然記不起來！」我猛力拍打自己的大腿：「多奇怪啊！沒想到在這茫茫的星際空間，竟會接收到《大地之歌》的無線電信號。」

更奇怪的事還在後頭呢！

由於我們已經進入拿波里星的引力範圍，星矢號的超光速引擎不能啟動，我們只能以亞光速的動力飛行。而在飛抵蓬萊星的個多星期中，從無線電波傳來的，便只是不斷重複又重複的《大地之歌》！

我雖然從一開始便以無線電波向蓬萊星發射探問的信號，卻直至抵達前的兩天，才收到回覆的信息。在未收到回覆之前，我在好奇心的驅使下，着令小蘭找出一切有關《大地之歌》的資料。

《大地之歌》──Das Lied von der Erde──是奧地利作曲家馬勒於一九零八年所寫的，距今已接近一千年之久。少年時的我，曾一度十分喜愛這首作品。但那亦已是超過一百年以前的事了。

在音樂史上，《大地之歌》的創作可說頗富傳奇性。馬勒四十八歲那年所寫的這首傑作，原本是他的第九號交響曲。但在完成時他突然有不祥的感召，所以廢掉編號不用。原來在此之前，貝多芬、舒伯特與布魯克納這幾位大作曲家，都在完成了第九號交響曲之後不久便與世長辭。馬勒因此認為，

「第九」是個不祥的數字。

兩年後，馬勒又完成了一首大型交響曲。這次他想大概不會有問題了，便把作品命名為「第九交響曲」。怎料不祥之兆果然應驗了，馬勒於翌年在創作「第十號交響曲」的中途去世，享年僅五十一歲。

抵達蓬萊星的前兩天，我不斷發出了個多星期的無線電信號，終於得到了回答。

回答最初來自一個樣貌與她的名字同樣秀美的小妮子小林秀美。但不久，與我們作主要交談的則是一個鬚髮皆白的老者，名字叫野宮勳。兩人所用的，都是標準的地球語，但同樣都可能因為不常使用而顯得有點生硬。

蓬萊星的主要移民來自日本的大和族，這個我一早就知道。根據歷史的記載，在第二星際紀元的二五四三年，人類在蛇夫座稠暗星雲的背後，發現了離開地球五百二十三光年的拿波里星。這顆恆星的特別之處，在於環繞着它的第二顆行星，是環境與地球極其相似的類地行星。

經過一輪勘探後，星聯議會終於批准開發這個星球。二五九八年，七艘太空船載着五千多個移民，終於抵達這個被命名為蓬萊星的星球。按照記載，殖民的初期是頗為順利的，最後的人口紀錄達四萬多人。

可是好景不常。九年之後，第三次星際戰爭爆發。蓬萊

星雖然位處星聯的邊陲而未受嚴重的影響，但物資的供應則因而中斷。不久，星際文明固然因戰爭的擴大而瀕臨崩潰，而蓬萊星與星聯的通訊亦不知怎的完全中斷。

為時五十多年的第三次星際戰爭，終於在廿七世紀的中葉結束。人類在艱辛地重建文明期間，曾經努力與各個偏遠的殖民星球重新建立聯繫。最後他們都一一成功了，唯一的例外，正是躲在蛇夫座稠暗星雲背後的蓬萊星。

「物資供應的中斷對我們的打擊不算很大。」野宮勳正在屏幕上向我解釋。星矢號不久便可進入蓬萊星的軌道了。「真正的打擊，來自二六三七年──亦即星際戰爭爆發後二十年──的一次超級大地震。蓬萊星上的六萬多人口，有接近一半在這次地震中罹難……」說到這裏，老人的眼中不禁充滿哀傷。

在過去兩日的交談中，野宮勳不斷向我們查詢有關星聯的近況，卻似乎不大願意講述蓬萊星這百多年來的歷史，當他知道我和妻子香婷只是星際間的兩個流浪客，而且第四次星際戰爭似乎一觸即發，他變得更沉默寡言。只是如今太空船已接近降落階段，他才肯較詳細地談起蓬萊星的歷史來。

「所謂福無重至、禍不單行。大地震之後不足二十年，浩劫餘生的人們還未能把殖民地重建過來，便出現另一場更為可怕的災難……」

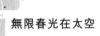

「這是一趟怎樣的災難呢？」我見他似乎無意再說下去，惟有主動追問。

「唉！你很快便會知道的了。富貴百年能幾何，死生一度人皆有，孤猿坐啼墳上月，且須一盡杯中酒……」

「什麼？你在說什麼？」我錯愕不已地問。我最初是完全不知所以，稍為定一定神，才知他最後的數句，是以漢語而非地球語唸出來的！

「唔，他的意思，可能是災難跟《大地之歌》有關。」在我身旁的香婷突然說。

「什麼？你說什麼？」我更是摸不着頭腦。

「他方才唸的是李白的詩。你花了這麼多時間查閱《大地之歌》的資料，難道不知道馬勒的這部作品，是受中國唐詩的啟發而創作的嗎？」香婷說。

「我當然知道！但，就是這一首嗎？」我說。

「這是其中的一首。全曲實由……」

「打擾你們，真對不起。」船上的電腦小蘭突然說：「太空船即將進行最後減速，並進入蓬萊星的停泊軌道，請問你們有沒有其他指示呢？」

「沒有了，照預定程序進行吧。」香婷說。然後她轉過頭向我說：「你聽聽。」一聽之下，才察覺野宮勳已經中止了通訊。而在通訊頻道中傳來的，是重複了不知多少次的《大地之歌》。一把男高音正在以德文唱道：

金杯中的酒閃着光芒。

且莫舉杯，讓我先為你歌唱，

……

哀愁到來之時，

靈魂的園圃便會凋萎，

我們的歌曲與歡樂亦隨之消逝……

第二回　孤猿坐啼墳上月　且須一盡杯中酒

　　蓬萊星的母星──拿波里──是一顆比太陽暗的橙矮星。蓬萊星雖然已是第二顆最接近拿波里的行星，但表面的照明程度，即使在正午也只及地球上的黃昏時分，但這是多麼醉人的黃昏啊！鳥語花香、和風拂臉的環境，使人就像置身──那還用說嘛──蓬萊仙境！

　　在這個仙境中迎接我們的，是最先與我們作無線電接觸的小林秀美，以及一個粗眉大眼的年輕人──她的哥哥小林秀雄。

　　在她們引領下，我們乘坐馬車──對！是馬車！──進入一個名叫新奈良的小鎮。最後，來到長者野宮勳的住所。

　　野氏的住所，是一幢帶有傳統大和風格的單層樓房，一對年輕人帶領我們穿過一個佈滿碎石圖紋的前院，最後來到一個簡潔明亮的會客廳。

「杜鳴津先生夫人，你們終於來了。歡迎！歡迎！」

野宮勳的真人比起無線電傳播中的影像還要老邁，他屈膝盤坐蓆上，背後的牆上掛着一幅逾兩米高的字畫，其上只是寫着一個漢字：「禪」。

「讓我來介紹。」野宮勳以手勢把我們的視線引向客廳中的另外兩人：「這是小澤幸之助，我們的生物學主任；另外這位則是雪原秋子，我們的天文學兼地質學主任，至於秀美和秀雄。」他把視線轉向最先歡迎我們的兄妹：「則分別是我們的通訊主任和保安主任。」

「他們多年輕啊！」妻子香婷在我耳畔低聲地説。沒錯，除了野宮勳本人外，其餘這四個身居要職的人都出奇地年輕。看來最多只有二十出頭，與鬚髮皆白的野宮勳形成了強烈的對比。

我和妻子皆仿做其他人屈膝坐在地上。在用過了芬芳燙熱的綠茶之後，野宮勳先請我詳細地介紹一下我們的來歷和星聯的近況。

「好吧！」妻子香婷説：「不如先由我略為介紹一下星聯的近況，然後才由我的外子講述一下我們為什麼會找到你們。」

於是，香婷講述了自第三次星際大戰爆發以來，星際文明起跌激蕩的曲折歷史。到最後，她還分析了第四次星際戰爭山雨欲來的因由。

野宮勳和四個年輕人，一直都聚精會神地聽着。

「好了。」香婷結束了她的敘述，轉過頭來對我說：「鳴津，也好應由你講講我們為什麼會來到這裏吧。」

「唔，怎麼說呢？……」我深深地吸了一口氣，然後開始訴說我的故事：「事實是，我自幼便對蓬萊星的傳說十分有興趣。我出生的時候，人類與蓬萊星失去聯絡已接近八十年。雖然我畢生的夢想是尋找這個失樂圈，但生活的現實一直使我無法追隨這個夢想。」

我呷了一口微涼的綠茶，繼續道：「長大後，我成為一個太空商人。嗯，我敢大膽一點地說，是一個頗為成功的太空商人。我們的星際企業，遍佈星聯的千多顆星球。可惜我們的兒女和孫子都沒有興趣承繼我的事業，直至八年前，我們的曾孫女終於答應掌管『杜香星企』的事務，我和妻子才可拋卻塵俗，流浪星際。三年前，我們建造了這艘全宇宙最先進的太空船星矢號，終於出發尋找我兒時的夢想──蓬萊星球！」

「且慢！」野宮勳舉起手打斷我的話頭：「你和嫂夫人看來最多六十出頭，但你說曾孫女八年前接掌你們的星際企業……還有，方才你說出生時人類與蓬萊星失去聯絡才八十年。那豈不是說，你如今的年齡至少有……」

「對！我出生那年是二七一三年，即如今是一百一十二歲，內子比我少十五歲，亦即如今是九十七歲。」我道。

　　我這句説話，就像在眾人間投下了一枚炸彈！野宮勳和他的四位主任露出了極其震驚的神色，彼此面面相覷，半晌也沒有人開腔。

　　「咳！這事實對你們來説可能有點難以接受。我知道在第二星際紀元，亦即你們移民蓬萊星的那個年代，人類平均壽命是一百歲左右。但自第三星際紀元以來，隨着生物醫療的不斷進步，人類的平均壽命已可延長至一百四十至一百五十歲。當然，把壽命延長的同時，科學家亦懂得怎樣把衰老減慢甚至進行一定的回春程序。不過，我和妻子都已經超過十年沒有接受回春處理程序了。」

　　「一百五十歲、衰老減慢、回春……」野宮勳喃喃地自言自語，兩眼中竟充滿了怨恨和淚光。

　　我一時間也想不出有什麼話可以説。正當我打算開腔，指出我們可以把這種壽命延長的技術引進蓬萊星時，野宮勳突然抬起頭，以沉痛的語調一字一頓地説：「杜鳴津先生，在我們的無線電交談中，我不是説過在經歷了二六三七年的毀滅性大地震之後，蓬萊星還遭遇了一趟更大的災劫嗎？」

　　「是啊！可是，你似乎不大願意談及這場災劫究竟是什麼的一回事。」我小心翼翼地説。

　　「唉！這場災劫與你方才談的東西關係太大了，因為災劫的後果是：蓬萊星上所有人的平均壽命都不出三十歲！」

　　「平均壽命不足三十歲！」這次，感到極度震驚的反倒是

我和妻子香婷。

「但，但你顯然不止三十歲啊？」我定一定神後，立即看出野宮勳這句說話的破綻。

「對，我當然不止三十歲，但我是一個老不死的異數呢！」接着，野宮勳向我們講述了蓬萊星過去近二百年的歷史。

原來自二五九八年移民抵達蓬萊星，九年後即遇上第三次星際戰爭爆發。雖然星球沒有直接受到戰火的波及，但來自星聯的物質和技術支援因而中斷。而三十年後，殖民地受到一次超級大地震的嚴重打擊。浩劫餘生的人雖已盡力把文明重建，豈料還不到二十年，竟出現了一場更殘酷的災劫！

災劫的序幕，是所有廿來歲的年輕男女，都先後出現未老先衰的現象。一般來說，男性從廿六七歲開始，女性從廿八九歲開始，即會出現快速老化的情況。在短短的數月內，他（她）們的年齡便會好像大了十年似的。更可怕的是，老化的速率會不斷加快，以至在不出兩年之內，大部分的人都會因極度衰老而枯竭死亡。

後來更發現，這種加速老化的現象，竟與人類的性行為及生殖行為有着密切的關係。具體地說，在男性而言，射精的行為會令老化的速率增加；在女性而言，分娩亦會導致同一的後果。平均來說，射精後衰老至死的時間約為五個月、分娩後衰老至死的時間則更短，只有三個月左右。

這種加速老化的怪病，乃是由一種極其特殊的病毒所引起。但在經歷了大地震的破壞之後，殖民地的生物學家，對這種病毒的肆虐實在束手無策。

「我出生於二六五六年，亦即災劫發生後約六十年。」野宮勳繼續說：「在那時，殖民地的人口急劇下降，而最初沒有受感染的那些上了年紀的殖民成員，亦已差不多全部逝世。但我竟是一個異數，因為我雖然也感染了病毒，病毒卻沒有發作。我不單超越了三十的大限，而且還異常地長壽，還有兩個月，我便剛好一百零八歲了。」

他頓了一頓，頗為激動地說：「該死的不死，不該死的卻要死，閻王真是瞎了眼啊！人間慘事，莫過於白頭人送黑頭人。但有史以來，我是送別得最多的一個……」席上的四名年輕人都垂下頭來。小林秀美更禁不住啜泣起來。

「我多麼願意用我的生命來換取這些年輕人的青春啊！但經歷了整整百年的研究，生物研究人員仍然無法找出我能戰勝病毒的原因。戰勝病毒的秘密就在我體內，但那有什麼用呢？……白日何短短，百年苦易滿，蒼穹浩茫茫，萬劫太極長……」

我聽他又在唸李白的詩，不禁追問道：「啊！這正是為什麼你們特別喜愛《大地之歌》的原因嗎？」

野宮勳道：「我少年時期即愛上了這首樂曲。多年來，蓬萊星上的人都受到我的影響。到了今天，此曲差不多已成

為殖民地內所有人每天背誦的經文。」

野宮勳語調一轉地說：「老天爺可能覺得這個殘酷的玩笑開得太久了，所以打算把它提早結束。毋須多久，一切將盡歸塵土，包括一切苦痛，以及一切希望……」

「老先生為什麼這麼說呢？」在我身旁的香婷問道：「難道病毒出現了新的變種？」

「這可不是。」野宮勳轉過頭望向雪原秋子說：「秋子，妳來給我們的客人講解一下吧。」

雪原秋子恭敬地說：「我的專長是研究二六三七年的超級大地震。過去百多年來，地質學家對這次地震作了十分詳盡的分析。而且在大半年前，我更有新的發現。」

她繼續道：「按照全球地殼的板塊動力學分析，我有理由相信，二六三七年的地震，只是一系列周期性大地震的其中一次。而地震的周期，大約為一百九十年。」

「一百九十年？既然上次是二六三七年，那麼下次……」我心算着。

「是二八二七年！」香婷搶先一步說：「亦即距離現在不足兩年！」

還有不足兩年，蓬萊星上的一切便會在一場超級大地震中化為灰燼？

我從來也沒有想過，我自幼全意追尋的這個失樂園，竟是一個如此可怕的人間陷阱！

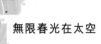

「我們在地球的遠古祖先，曾一度為關東大地震的周期性而惶恐終日。」雪原秋子喃喃地說，「他們又怎會想到，他們一千年後的後代，竟會真的受着周期性超級大地震的折磨呢……」

「妳肯定妳的地質分析沒有錯誤嗎？」香婷充滿關注地問道。

於是，我們匆匆地結束了這次聚會。我和香婷則跟隨秋子前往她的地質研究所。我們搜集了一切有關的地震資料，以無線電波拍發至停泊在軌道中的星矢號。

毋需多久，小蘭即傳來了壞消息。按照她對資料的分析，證實有百分之九十八點六的機會，一場高達黎克特制十點五級的超級大地震會於二八二七年的下旬發生！

自從那趟初次聚會之後，我與香婷先是乘坐梭子船返回星矢號，收拾了一切我們認為可能有用的東西，然後再返回星球表面，在新奈良鎮上暫時定居下來。

我曾經追問野宮勳，問他為什麼最初與我們透過無線電接觸時，不第一時間把蓬萊星的實況相告，好讓我們能夠立刻向星聯總部求救。野宮勳的回答竟是：有朋自遠方來，難道一見面便把壞消息一股腦兒告訴對方？還有，按照他從我們那兒得悉的星聯近況，他已斷定「遠水救不了近火」，就是一早把情況告訴我們也是徒然。

　　我對野宮勳的消極態度當然大不以為然，並且惱怒我自己為什麼不早些逼他說出蓬萊星的真相。不用說，我第一時間把整件事情以超光波傳送給星聯總部。但星聯總部的回覆，證實野宮勳的推斷並沒有錯。星聯正受到軸心星盟各路大軍的威脅，眾多的星球已是烽煙四起，根本無暇組織一次如此龐大和遠程的拯救行動。

　　香婷既知星聯自顧不暇，遂立即與我們的曾孫女敏芝聯絡，研究怎樣以杜香星際企業的人力和財力，盡快組織一隊救援艦隊前赴蓬萊星。

　　但問題是，即使最近的杜香星企支部，也在二百光年以外的半人馬座卡帕星系。要組織一支救援隊伍並前赴蓬萊星，預計最快也要兩年後才能抵達。

　　而預計中的大地震，還有二十個月左右便會發生！上天的這個玩笑不是開得太過分了嗎？

　　不過，我們仍是透過敏芝全力地組織拯救行動，有誰知道，大地震的來臨不會比預計中遲呢？

　　在這二十個月當中，我跟野宮勳成為了好朋友，而香婷則把小林秀美和雪原秋子看作兒女般看待——當然，從年齡上計，她們應是香婷的曾孫女了。

　　另一方面，我們對蓬萊星的情況亦有了進一步的了解，原來自催魂病毒（他們對這種病毒的稱謂）肆虐以來，蓬萊星的人口已由原來的三萬多人，下降至如今的只有一千八百

多人。理論上，男性在射精後，而女性在分娩後即急速死亡，即表示每對夫婦最多只能有一個子女。如此下去，人口必會急速銳減，以至整個社群迅速滅絕。為了遏止這一趨勢，殖民地的生物學家發展了促進多胎的技術。也就是說，盡量令每一次以死亡作代價的交媾，都會培育出兩胞胎、三胞胎⋯⋯甚至五胞胎、六胞胎。不用說，這些嬰兒出世後不久都會變成孤兒，而須由其他未作父母的親族撫養成人⋯⋯

　　在這期間，我們當然還參加了多次《大地之歌》的演唱會——也許我應稱之為誦經音樂會才更為貼切。

　　《大地之歌》的副標題為「女低音及男高音配管弦樂的交響曲」，全曲乃由六個樂章組成：「大地哀愁飲酒歌」、「秋日孤者」、「青春」、「採蓮謠」、「春日醉言」、「期待與告別」。其中全後的一段「告別」長達三十分鐘，比起前五個樂章加起來還要長。演唱會大多會自首至終地演唱全曲，但間中也會作選段的演唱，而最常選取的，是歌頌青春和歡樂的第三和第四樂章：

　　　　池開照膽鏡，林吐破顏花，
　　　　綠水藏春日，青軒秘晚霞。

　　以及

若耶溪傍採蓮女，笑隔荷花共人語，

日照新妝水底月，風飄香袂空中舉……。

《大地之歌》無疑是東、西文化的一項最優秀的結晶品。然而，這項結晶品的誕生可說頗為偶然。原來馬勒只是無意中閱讀了一本名叫《中國笛》的詩集。這本詩集，是德國翻譯家漢斯·貝特戈根據李白、王維、孟浩然、張籍、錢起等中國詩人的作品，以頗為自由的手法翻譯而成的。馬勒讀了這本詩集，即被詩中的意境深深地吸引。他立即意識到，這是表達他當時哀慟心情的最佳素材。

馬勒為何哀慟呢？原來當時的他，正經歷了一連串重大的打擊。在工作上，他因種種原因而被迫辭去了維也納歌劇院的指揮職務。在家庭上，他的五歲女兒不久前因猩紅熱而夭折。在健康上，他剛被診斷患有當時無法治癒的心臟病。在常人而言，在這一連串重大打擊之下，很可能會垮倒而一蹶不振。但在馬勒身上，這些痛楚反倒激發起了他創作意欲。從而促成了《大地之歌》這首曠絕古今的傑作。

馬勒於一九零八年七月動筆。思如泉湧的他，花了不足三個月，便完成了這首大編制的管弦樂及人聲作品。可惜的是，直至他於一九一一年逝世為止，他未有機會聽到這首作品的演出。

在聽罷其中一次音樂會之後，我和野宮勳在他住所的庭

園中對飲。璀璨的蛇夫座星雲佔據了半個夜空。（從地球上看，Rho Ophiuchi 是一個暗星雲，但從拿波里星的位置看，它是一個七彩繽紛的亮星雲。）天邊的另一廂，則掛着兩彎新月。

宇宙的繡錦美得教人窒息。

「對酒當歌，人生幾何……」我舉起了玉白的瓷杯，感慨地說道：「真想不到好像馬勒這樣一個西方人，竟能參透東方這種哀愁和淒美的精神境界。」

「在西方基督文明的傳統之中，《大地之歌》的確可以算是一個異數。」野宮勳說：「當然，馬勒也不是一個普通的基督徒。我們甚至可以說，馬勒的宇宙觀和人生觀，是存在主義哲學出現之前的一種存在主義哲學。而《大地之歌》這部作品，更包含了類似禪宗的思想……」

野宮勳是一個不折不扣的馬勒專家，對馬勒的生平和每一首作品都瞭如指掌。「馬勒的狂傲也是有名的。」野宮勳繼續道：「有一次，他的摯友兼音樂上的最大支持者——著名的指揮家華爾達——前往馬勒用作度假兼作曲的郊外別墅探望他。華爾達遠眺窗外的群山，禁不住讚歎大自然的壯麗。怎料正在譜寫第三交響曲的馬勒，頭也不抬地回應：『你又何須觀看窗外的景色呢！宇宙的雄奇壯偉和萬象森羅，都已經被我包羅在我如今創作的這首交響曲之中了！』」

「哈！哈！真有意思。」我回應道：「你說的沒錯，馬勒

真是個奇人。以我所知，他的作品在他生前不大受到重視，而他常常掛在口邊的一句話是：『我的日子終會到來。』可惜他太短命了，看不到這樣的一日……」

「這還不止呢！」野宮勳說，白髮白鬚在星雲的幽光映照下，隱隱閃耀着銀彩。「他曾經對一位維也納的樂評家說：『四、五十年後，他們不會再常常演奏貝多芬的交響曲。取而代之的，將會是我的交響作品。』這是何等豪氣干雲的一句話啊……」

「呀！是了！」我忽然想起了一點東西：「方才我們提到馬勒的好友華爾達。如果我沒記錯，《大地之歌》的首演，好像就是在他的棒下演出的，是嗎？」

野宮勳將杯中的清酒一飲而盡，隨着閉上眼睛，說：「沒錯，一點都沒錯。《大地之歌》的首演，是一九一一年十一月二十日，指揮的正是布魯諾‧華爾達。可惜這場演出未能有錄音傳世。不過，他於一九三六年和一九五一年指揮的兩場演出，都是不朽的經典錄音。其中尤以一九五一年的那一次最為後世所稱頌。」

「啊，你是說由費莉雅唱女低音的那次？」

「哈！你的功課也做得不錯！對，正是那一次。費莉雅演出這首作品時，已知身罹絕症並不久於人世。在所有《大地之歌》的演繹中，這是最真情流露和感人肺腑的一趟。但我們在唱片上聽到的，還不是故事的全部。原來在較早前的一

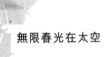

趟演出時，費莉雅在唱至最尾的一段『告別』之時，已是熱淚盈眶。唱至最後幾個音符更是泣不成聲，唱不下去。事後她向華爾達道歉。充滿人情味的華爾達回答道：『親愛的費莉雅小姐，如果我們每個人都擁有好像妳如此偉大的藝術品格，我們都會感動得掉下淚來呢！』」

野宮勳為我添了暖暖的一杯玉液，繼續道：「事實上，《大地之歌》不單內容跟死亡有關，就是它的演出，也往往跟死亡扯上關係。例如另一次感人至深的演出，乃於一九七二年由指揮家賀倫斯坦所指揮，其時，賀倫斯坦已患了嚴重的心臟病，這次演出後下足一年他便撒手塵寰。當然，最著名的一次傳奇性演出，是廿四世紀初卞捷在火星羅威爾城指揮的音樂會。演出前半小時，她收到了未婚夫在地球上因深海事故而喪生的噩耗。可是她沒有告訴任何人，如常地上台指揮這首樂曲，到最後，演唱者和樂隊成員目睹她淚如雨下地揮動着指揮棒，都拿出了最大的真情把樂曲完成。我每次重看這場演出的錄影，都禁不住潸然淚下……」

不經不覺，蛇夫座星雲的一大部分，已漸次消失在地平線以下。而蓬萊星的兩顆衛星，亦已攀升至中天。

接着下來，我們一邊對飲一邊從馬勒的不同時期作品，談到他的宗教觀、自然觀和死亡觀的演變。

「其實，你們大和族的死亡觀，似乎也有跟西方相似之處呢。」我說。

「何以見得呢？」野宮勳問道。

「你們的藝術作品中，不是往往包含着『只求璀爛、不求永恆』這樣的一種思想嗎？」

「是嗎？」野宮勳有點詫異地回應。

「野宮先生可能還記得，我曾提及我有着一定的華夏族血統。我很久前在書中看過一個比喻，就是華夏族的國花是傲寒的梅花，因為它代表了堅毅不屈的華夏精神；而大和族的國花是璀璨的櫻花，因為它代表了『只求璀爛、不求永恆』的大和精神。」

「我可未聽過這個比喻。」野宮勳微帶笑容地說：「這當然是一種過分簡化的比喻，但聽下來也饒有意思」。他頓了一頓，接着說：「你知道嗎？法國人把性愛時達到高潮的那種忘我境界稱為 *le petite mort*，他們造夢也猜不到，催魂病毒竟然將他們這種帶有黑色幽默的比喻變成了殘酷的現實……」

於是，我們把話題轉到各族文化精神的異同，以及文明興衰的宿命等問題。談着談着，直至東方漸呈魚肚初白，我們才帶着幾分醉意各自回房間就寢。

進入夢鄉之前，一個念頭模糊地掠過腦海：蓬萊星的二百年歷史，不就像櫻花般璀璨而短暫嗎……

第三回　但去莫復問　白雲無盡時

大地震來臨前約十個月，雪原秋子宣布了一個令人驚愕的消息：廿三歲的她，決定了與她同齡的小林秀雄結為夫婦！

而更令我們驚喜的是，他們邀請我和香婷作為她們的主婚人。

帶着古大和風的婚禮儀式，在喜悅與凝重交織的氣氛下完成，兩人都打算在婚禮後，立即投入逃難的籌備工作。但在眾人的壓力下，他們終於享受了三天的蜜月生活。

當時眾人已經知道，一再受延誤的拯救艦隊，已肯定沒有可能在地震來臨之前抵達蓬萊星，要逃過這場災劫，我們的星矢號是唯一的希望。但問題是，無論我們怎樣把太空船的內部擴充和改裝，最多也只能容納二十人左右。

在野宮勳的建議下，乘坐星矢號逃難的，應該以十歲以下的小孩為主，因為一來小孩消耗的食物和空氣較少，從而可以增加逃離的人數，二來小孩離病發的時間較遠，因此在返回文明後被治愈的機會也較高。唯一的例外將是生物學家小澤幸之助，因為他對病毒的了解最清楚。

以上的決議差不多在沒有爭議下通過。引起重大爭議的，反倒是野宮勳本人的去留問題。他本人堅決要跟整個殖民地共存亡，但眾人皆認為他身懷克服病毒的秘密，所以必須隨同星矢號逃難災劫。

在這一爭論還未結束之時，雪原秋子卻突然提出了另一個要求：她希望她與小林秀雄結合誕下的子女，能成為星矢號上的乘客！

基於兩人的至誠，以及他們過往對蓬萊星殖民地所作的貢獻，在經過一番討論後，野宮勳終於答應了這個要求。

接着下來的大半年，野宮勳為了挑選其他逃生者這項殘忍的工作費盡心神。我和香婷則忙於把星矢號改裝和添置裝備。此外，我們亦盡力搜集一切有關蓬萊星文化的資料，並存放到小蘭的記憶中去，最為可惜的是，由於重量的限制，我們無法帶走這個獨特文化的任何一件藝術品。

我們亦透過了梭子船，前往蓬萊星的其他地方進行科學考察。陪同我們的，往往還有專長蓬萊星生物學的小澤幸之助，以及專長地質學的雪原秋子。

時光飛逝，大限之期終於迫在眉睫……

「夕陽度西嶺，群壑倏已暝，松月生夜涼，風泉滿清聽。」我正站在露台望着冉冉西沉的拿波里星，口中不期然地唸起孟浩然的《宿業師山房期丁大不至》。這是開啟《大地之歌》終章的第一首詩。

老伴香婷踏出露台與我並立，隨即接上詩句唸道：「樵人歸欲盡，煙鳥棲初定，之子期宿來，孤琴候蘿徑。」她緊握着我的手，並把頭輕輕地依偎在我的肩膊，「難道人生的

一切歡欣，真的都只是痛苦的前奏？」她嘆息地說。

「人生得意須盡歡，莫使金樽空對月。」我望着即將消失的夕陽答道：「即使一切歡欣都是痛苦的前奏，也無法抹殺歡欣本身的真實。相反，它只會讓我們更加珍惜每一段歡欣的時刻。」

「唉！你總是這麼豁達。」香婷抬起面龐望着我說：「但一個一百一十二歲而且兒孫滿堂的人，真的能夠感受一個人在三十歲前便要向塵世道別，並且無法看到自己的兒女長大成人的哀痛嗎？」

完全無法回答這個問題的我，惟有報以沉默，半晌不語。

最後，我說道：「你說得對，我們實在無法感受他們傷痛的萬分之一。我們所能夠做的，是竭力幫助他們的兒女擺脫這種殘酷的宿命。」

太陽已經消失了。蒼茫的暮色帶來了一陣涼意。「啊，是了，秋子和秀雄的一對兒女怎麼樣？」

秋子和秀雄的一男一女雙胞胎，終於在大地震來臨的前夕出生。香婷對他們疼愛得不得了，直把他們當作自己的孫兒。

「兩個都很健康。按照秋子說，男的還要半夜餵奶，但女娃兒已經斷了夜奶，可以一覺睡至天亮。不過，秋子也不能照顧他們多久了……」

我們現時已經進入了預測中的危險期了。雖然最新預測的大地震爆發日距今還有兩個星期，但地震的預測可會如斯

準確！理論上，「先兆地震」會隨時發生。而星矢號亦差不多準備就緒，預計在三天後便可以啟航。

第二天，我和香婷前往探望秋子一家。看着曾幾何時仍是青春煥發的一對玉人，如今都成了老態龍鍾的公公婆婆，實在心酸得難以言喻。

吃過了簡單的午膳後，我與野宮勳商討最後的安排，香婷則前往新建的地震庇護中心，看看怎樣能夠幫助無法離去的蓬萊星居民避過地震的威脅。但對於預計達黎克特制十點五級的超級地震，這當然是明知不可為而為之的一回事。

然而，就在我和野宮勳交談的時候，地震卻發生了！

雖然說已有一定的心理準備，但這種乾坤倒錯、天旋地轉的恐怖感受，是任何心理準備也應付不了的，在震耳欲聾的隆然巨響中，整個宇宙就像要倒塌、世界末日彷彿就在眼前……

地震來得突然，消失得也突然。霎時間，一切盡歸平靜。過了一會，才聽到隱約傳來的哭泣聲和人們的呼叫聲。

我爬起來一望，看見野宮勳倒臥在血泊之中，覆蓋在他身上的，正是原本掛在牆上寫着「禪」字的巨型字畫。

至於我自己，則僥倖地只是受了輕傷。我爬行至野宮勳那兒，發覺他已氣若游絲。不久，救援人員出現，一方面替野宮勳進行搶救，一方面為我包紮傷口。

包紮完畢，我急不及待走出屋外尋找香婷，卻差點與衝

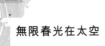

進來的小澤幸之助撞個滿懷。

從小澤幸之助那兒得悉，按照地質人員的分析，方才的地震原來只是六點九級的一次前震，而真正巨大的主震，極可能會於八至十小時之後出現！

也就是說，我們必須把撤離蓬萊星的計劃提早執行！

在小林秀美和小澤幸之助等人的協助底下，我全力進行了召集和提早撤離的安排。使我憂心的是，香婷一直未有露面。

「杜先生，不好了！」我和小澤交談時，小林秀美帶着淚迎面跑來。我的心一下子向下沉。不！不要告訴我！

「拯救組的人員證實，杜夫人已在方才的地震中罹難！」我耳畔聽着這消息，心中則在狂呼：香婷！香婷！

但這不是悲傷的時候，整個星球的希望寄託在我身上，我絕不能辜負他們！

我強忍着眼淚，繼續完成撤離的安排。一小時後，廿四個蓬萊的童男童女、垂危的野宮勳，以及小澤幸之助等都已上了穿梭機。最後上機的，是從雪原秋子和小林秀雄屍體底下找到的一對嬰兒。

穿梭機的門關上了。不久，蓬萊星的大地在我們的腳下逐漸遠去，地平線開始由平直而變成弧形……

別了，蓬萊星，我畢生的夢想；別了，香婷，我畢生的摯愛。一直強忍着的眼淚，這時像決了堤般奪眶而出。

在我的腦海中，再度響起了《大地之歌》的最後一個樂
章「道別」：

下馬飲君酒，問君何所之，

君言不得意，歸臥南山陲，

但去莫復問，白雲無盡時。

不難看出，這是我很用心寫的一篇作品。希望你們會欣賞。

故事中的蛇夫座星雲位於天蠍座以北不遠之處，各位若想一睹
其風貌，可在網上輸入 rho ophiuchi nebula 即可。

至於故事中提到的「黎克特制十點五級超級大地震」，在人類
歷史上當然從未出現。人類至今錄得最強的地震是一九六零
年在智利發生的九點五級大地震，當時產生的海嘯就是在太
平洋對岸的日本也測量得到。留意在黎克特強度表（Richter
magnitude scale）之中，每一級的差別不是一倍這麼簡單。
由於計算的程式乃基於對數（logarithmic）而非算術級數的
關係，每一震級之間（例如九級地震和八級地震），震動幅度
的差別是十倍，而所釋放的能量更相差 31.6 倍之巨！

那麼地球上有沒有可能出現十級的毀滅性地震呢？就是地震學
家也不敢回答這問題。但在科幻小說的世界裏，科幻大師克拉
克（Arthur C. Clarke）便曾與一位名為 Mike McQuay 的作
家合著了一本名為 *Richter 10* 的科幻小説，各位有興趣不妨找
來一看。

再版後記與導讀

我不是個容易臉紅的人。但過去十多年來,不少傳媒及文化界的朋友,都把我當作「香港的著名科幻小説作家」。這種「美麗的誤會」,每次都令我感到臉紅耳赤,只要我一有機會,我都會解釋一番:首先,我根本沒有資格被稱為「科幻小説作家」。而跟什麼「著名的科幻小説作家」,不用説更是半點也沾不上邊。

不過,隨着這本書的面世,上述稱謂的下半部總不算錯得太厲害。上半部有關「著名」的那部分,卻無論如何也屬子虛烏有。我當然希望這部分也有成為事實的一天。但懇請各方友好高抬貴手,直至這一天出現前,千萬不要將這項與事實不符的形容詞冠於「科幻作家」之上。

不過話説回來,我的科幻創作歷程,實早於十九歲那年便已開始!

我入讀預科其間,大會堂成人圖書館中的克拉克(Arthur C. Clarke)、阿西莫夫(Isaac Asimov)、海因萊因(Robert A. Heinlein)和布列殊(James Blish)等科幻大師的作品,幾乎已被我讀遍。中五會考前,更剛好讀完了赫伯特的鉅著《沙丘》(Dune)。各位因此不難想像,在唸預科的我,滿腦子

的不是數、理、化、生（不錯，我是唸理科的），而是星際探險、銀河帝國、機械人定律和基因工程等科幻意念。

終於，在一九七四年的中六暑假其間，這些意念在大腦中的充斥與激盪達到了一個臨界點。我於是執起了筆，在一段很短的時間內，寫出了我的第一篇科幻小說 *The Last Test*。

對！我的處女作是一篇英文小說。這是因為我之前所閱讀的科幻小說，有百分之九十九都是英文作品。以至我執起筆時，不其然便以英文寫作起來。

這篇作品，後來刊登在一九七五年的皇仁書院年刊《黃龍報》之中。

當時沒有想到的是，我的第二篇科幻創作，竟是十七年以後的事情！

那是否表示，我的筆桿十七年來蛛網塵封呢？那又不是！事實上，在這十多年間，我出版了接近十本書，其中包括了西方短篇科幻小說的翻譯，以及一本專門介紹科幻小說的著作。但不知怎的，科幻小說愈是看得多，我愈是提不起勇氣拿起筆桿進行創作。障礙來自一股很強烈的感覺，那便是：精彩的科幻意念都已經給大師們發揮殆盡啦！

這個心理障礙的第一道缺口，終於被一九九零年末的一股創作靈感所打開。是的，與外太空智慧族類的無線電接觸，在科幻小說中可說是一個老掉牙的題材。但縱觀我所看過的有關作品，總覺對這個重大題材的探討，仍是意猶未盡。終

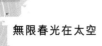

於，我提起了筆桿（咳！對不起，應是開啟了個人電腦和端放好鍵盤……），花了數個月的時間，寫了一篇字數較 *The Last Test* 長十多倍的 *Prometheus Unbound*。

不錯，這又是一篇由英文寫成的作品。

如今，這兩篇作品都被翻譯成中文，並收錄在我於一九九六年出版的《挑戰時空》一書之中，其間的過程，在該書的「後記」已有所交代，在此不再贅述。

但有一點必須指出的是，《挑戰時空》中的十多篇文章，就只有這兩篇是科幻小說。其餘的都是分析、評論和推介科幻小說的文字。

說了這麼多，其實只是想告訴大家：我的科幻創作歷程雖然已跨越了四分一個世紀（嚇！這有可能麼？！我還這樣年輕……），而我之前亦已出版了十四本著作，但你們手上的這本《無限春光在太空》（《泰拉文明消失之謎》原名），的而且確是我的第一本科幻專集。

既然如此，為什麼又會有我於文首所說的「美麗的誤會」呢？按照我的推斷，主要的原因，是我的確在推動科幻方面做了不少工作。除了我方才提及的翻譯和評介西方科幻的著作外，我曾經在太空館主持科幻講座、在港大校外課程部開辦有關科幻的課程、往中學演講、上電視台接受訪問，以及於九零年間，與杜漸等一班好友，創辦了一本名叫《科學與科幻叢刊》的雜誌（可惜雜誌只出了一年便結束）。

　　更為「誤導」的是，我於一九八六至九零年間，一連五屆在新雅文化事業有限公司一年一度主辦的「少年兒童文學創作獎」中，擔任「科幻故事組」比賽的評判。報道這項比賽的傳媒很自然地便會以為，能夠出任評判的人，必定是位知名的科幻小說作家，他們又哪會想到，當時的我是連半本科幻著作也未有出版過呢！

　　隨着《無限春光在太空》的出版，上述的尷尬歷史終於可以告一段落了，雖然，我仍是對「科幻作家」的那個「家」字感到很不自在……（英文的 Writer 則比較好一點。）

　　本書收錄的故事，原本刊登於一九九七年末至一九九八年初的《東周刊》雜誌。當時老編的要求，是每星期以一千五百字撰寫一個獨立完整的科幻故事。對於習慣長篇大論的我來說（就是看這篇後記也可知一二），這實在是一個莫大的挑戰。但另一方面，可以在一本銷量如此巨大的流行雜誌內發表科幻創作，在推動中文科幻而言，也是一個千載難逢的機遇。我於是大着膽子，答應了雜誌的要求。就這樣，一個名叫「科幻小小說」的專欄，在一九九七年十月跟讀者見面。

　　大致上來說，我相信我是成功的。但一千五百字實在太少了，以至不少故事的背景、鋪陳和起承轉合等（不要說人物的刻劃），都被迫濃縮和精簡得可以，有時甚至到了兀突的地步。相信你們在讀後都會同意，本書中的不少故事，若

以正常的小說寫作手法，隨時可以（或說應該）長五、六倍甚至十倍以上。

把故事結集出版時，我確曾打算把故事重新改寫，以「還」背後的科幻意念「一個公道」，不幸的是，我的時間和精力不容許我這麼做。終於，我只能在背景資料的補充和起承轉合的加強方面盡量做點工夫。

至於成績如何？各位讀者其實也很易獲得一個概念。這是因為除了〈金石為開〉和〈大地之歌〉這兩篇外，書中的其餘故事，在最初刊登時都是以一千五百字為限。如今經過我的增添，故事的篇幅自然參差得很，字數增加得比較少的故事，包括〈我武唯揚〉、〈星河戰隊〉和〈夢醒時分〉等，字數增加得比較多的，則包括〈太空站神秘謀殺案〉、〈百見不如一聞〉和〈月殿情緣〉等。這兒我向各位提出一項挑戰，就是將如今那些明顯較一千五百字長的故事，壓縮回一千五百字看看，你們試過便會知道，原先以一千五百字來「交代」這些故事，是何等痛苦的一回事！

正是因為這種痛苦，我遂於一九九八年初，跟雜誌的編輯商議，將一些故事以連載的方式刊登。老編的回應是，最好是兩期起、三期止，因為大多數讀者都沒有耐性追看每星期才刊登一次的連載小說云云。

我於是動筆寫〈金石為開〉，而且一寫便寫了四個星期。還好，老編未有嚴重抗議。我接着開始寫〈大地之歌〉，但

這個故事的背景和佈局實在太大了，我就是盡量濃縮，最後也寫了六期之多。老編以行動表示他的不滿——他致電給我，告訴我（當然很客氣地）「科幻小小說」這個專欄將「暫時」結束！

就是這樣，我的科幻創作生涯又告一段落。

我何時才會重新進行科幻創作？老實說我自己也不知道。但其中的一項主要因素，將是來自各位讀者的鼓舞，如果你喜歡此書的故事而又希望看到更多類此的作品，請不要吝嗇你的意見，寫信來告訴給我吧！（可以透過出版社代交。）

這個後記也寫得差不多了。接着是本書作品的一點導讀。

但在進入每一個故事之前，讓我略為講講所謂「導讀」的原則。

原則上，一篇文藝作品想要表達的東西，應該完全包含在作品之中，而無需任何外人——包括作者！——的說三道四。可是另一方面，科幻小說始終是一種較新的文體，而且它又具有擴闊視野和激發思考的潛質，因此，一定的導讀文字，相信會對大家的理解、欣賞和進一步探索有所幫助。

我在過去的著作中，往往很喜歡在後記裏提供一些參考文獻，以便有興趣的朋友作進一步的鑽研。不過，我有時也會感到內疚，因為在我所列出的文獻中，有不少並非那麼容

易在書店或公立圖書館裏找到（有一些是我在外國或於很久前購買，有些則是我在大學圖書館裏借閱）。也就是說，我列出一大堆參考文獻只是為了滿足我自己。讀者們未必能夠真正受惠。

但隨着互聯網的興起，讀者作進一步鑽研的可行性有了突破性的發展。透過了萬維網（World Wide Web）和各種網上搜索引擎，特別是網上的免費百科全書 Wikipedia，我們只要把一些關鍵詞輸入電腦，便可以極其便捷及近乎不費分文地，獲取與這個詞語有關的大量資料，我正是看中了這種威力強大的自學方式，所以在以下每一個故事的導讀中，都包括了一些「關鍵詞」，以便大家在網上搜索和學習。

不過，有一點我要特別指出，就是透過單詞進行全網搜索所獲取的信息，往往都是一些「低增值」、雜亂無章或甚至是毫不相干的信息。而即使是相關的信息，其數量也往往大得驚人，從而導致所謂「信息過載」（Information Overload）甚至「信息麻木」的現象。作為一個互聯網的使用者，我們必須培養出去蕪存菁的能力，基本的大前提是：做互聯網的主人，不要做互聯網的奴隸。

其實，迄今為止，存放「高增值」的知識的地方，始終離不開書籍，以及分門別類地存放書籍的圖書館。所以，除了簡單地進行網上搜索，我們更可進入各大圖書館的網址，透過它們的目錄檢索系統，看看有關的題目有些什麼藏書，

雖然我們未必能夠直接借閱這些書籍，但就是書籍的題目或一點兒有關它們的描述，也可使我們對某一課題的最新發展有一個粗略的概念。

如今，世界上主要的圖書館的目錄檢索，都已公開任人在網上使用。就以香港而言，所有公共圖書館和各大專院校的圖書館都已上了網。要探訪它們，一個最便捷的方法，是透過公開大學以下的這個網頁：

http://www.lib.ouhk/libcat/english/home.htm

此外，以下幾間藏書十分豐富的外國圖書館，也很值得我們「前往」瀏覽：

美國國會圖書館：http://www.loc.gov/

大英圖書館：http://portico.bl.uk/index.html

澳洲國立大學圖書館：http://library.anu.edu.au/

好了，閒話休提，讓我們把書中的故事逐一解說一下。

〈太空站神秘謀殺案〉

- International Space Station
- Robert Goddard

關鍵詞：

- Newton's laws of motion
- Frames of reference、inertial frames

- Coriolis force、Coriolis effect
- The Three Laws of Robotics

〈趕盡殺絕〉

靈感來自香港政府九七年底因防範禽流感而進行的「殺雞大行動」。另一靈感則來自聖經，以及世紀絕症──愛滋病──與同性戀的關係。

關鍵詞：

- Sodom and Gomarrah
- Noah's ark, covenant
- Chicken flu

〈語言的鴻溝〉

關鍵詞：

- linguistics、deciphering ancient language
- Noam Chomsky、transformational grammar
- conceptual breakthrough

〈逝者如斯〉

靈感來自 David Brin 的 *Uplift* 系列小說（第一本叫 *Startide Rising*）、Lester de Rey 所寫的一個短篇故事 *To Avenge Man*、以及 Michael Crichton 所寫的（更為人熟悉是

據此而拍成的電影）*Jurassic Park*。

關鍵詞：

- primates、pongidae、simians

- hominidae、homo sapiens

- cloning

〈浮生劫〉

靈感來自 James H. Schmitz 於一九五五年所寫的一個短篇故事 *Grandpa*。（Joe Haldeman 也曾以此意念寫了一個名叫 *Seasons* 的短篇）。

關鍵詞：

- seasonal behaviour

- biological metamorphosis

〈對不起，明天被取消了〉

關鍵詞：

- Artificial Life、AL

- John von Neumann、automata theory

- John Conway、Life Game

- Tom Ray、Tierra

〈最佳伴侶〉

最佳的「人、機界面」（man-machine interface），乃是模擬一個有說有笑的「人」的電腦程序和全息影像（holographic image）——這個精彩絕倫的意念，最先見諸 Frederik Pohl 所寫的小說 *Beyond the Blue Event Horizon*。而這本小說，則是一本更精彩的小說 *Gateway* 的續篇。不用說，兩本小說都屬「必看！」的科幻傑品。

有看過一些希臘神話的朋友應該知道，故事中的女主角為什麼名叫「水仙」。

關鍵詞：

- Alan Turing、Turing Test

- artificial intelligence、AI、Deep Blue

- narcissus complex

- holography

- man-machine（或 man-computer）interface

〈夢醒時分〉

大概二十出頭的一個晚上，我有一段十分離奇的經歷。夜半醒來，久久未能重新入睡。我於是起牀，站在窗旁觀看寂靜的街道。看了一會，返回牀上再睡。

睡了一會，「又再」醒來。我替「又再」二字加上引號，是因為我醒來時才知道，我方才起牀站在窗旁的經歷，原來

只是一段夢境。

這次我真的起牀並在窗邊站了一會，之後即返回牀上就寢。

可是不久我「又再」醒來。

聰明的你可能已經猜着。我醒來時才知道，方才兩次起牀，原來都是夢境的一部分！

請不要問我怎樣「知道」。請問你怎樣知道「你怎樣知道」什麼是夢境什麼是真實呢？

但故事還沒有完。因為在那個奇異的晚上，上述的經歷還再重複了一趟！

也就是說，我三次「從夢中醒來」，都只是夢境的一部分。

那個年頭，我還未看 Philip K. Dick 的小說呢！

關鍵詞：

- Philip K. Dick、Total Recall

- memory transplant

- reality crisis

- dream、dreaming

〈我武唯揚〉

靈感來自科幻大師海因萊因（Robert A. Heinlein）於五十年代所創的「遙控執行技術」（waldo technology）意念，亦來自 Robert Bloch 發表於一九六二年的一個有關機械人拳

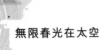
師的故事（故事的名字已經忘了）。當然，還有的是近年來VR 技術的飛躍進展。

關鍵詞：

- waldo technology

- virtual reality, VR

- avatar technology

〈情迷伊甸園〉

故事中的「終極人類學實驗」，是數十年來一直迷惑着我的一個意念。故事中的史拉東（你猜到這是由哪三個歷史人物組成的名字嗎？）、霍渭心和趙敦山，其實都是我的不同面相。

把小行星縷空後可以提供極其龐大的居住空間，這個意念最先乃由科幻大師阿西莫夫提出來的。

關鍵詞：

- anthropology、cultural anthropology

- Lewis Henry Morgan、J. G. Frazer、Franz Boas、Claude Levi-Strauss、Konrad Lorenz、J. B. Watson

- Jean Piaget、child psychology

- John Rawls、theory of justice

- E. O. Wilson、sociobiology

- Robert Axelrod、Prisoner's Dilemma

〈美味之家〉

小學六年級時，在大會堂兒童圖書館借了一本由楊子江先生所編譯的短篇科幻小說集。其中一個故事，談到一對永不磨損的皮鞋。原因嗎？因為用來做鞋底的物料是活物而不是死物！

這個精彩的意念，在我的腦海中留下深刻的印象。可幸的是，接近三十年後，我終於能把這個意念轉化為我自己的一個故事。（在時間上，這一啟迪較〈百見不如一聞〉的意念還要悠久。但後者仍是我繼 The Last Test 之後的第二個創作意念。因為在很長的一段時間裏，我並沒有把「活體工藝」看作成一個我會寫作的素材。）

若說小六讀的故事是啟迪，則數年前讀的一本小說——Harry Harrison 所寫的 West of Eden 則是創作《美味之家》的催化劑。在這本出色的作品裏，Harrison 對完全不需要使用火的活體工藝有非常精彩的描述。

關鍵詞：

- biotechnology
- biomaterials、tissue engineering

〈星河戰隊〉

在此要向不以粵語為母語的讀者道歉！整篇故事其實是以粵語諧音為基礎的一個玩笑。「呂綺瑩」和「藍義刑」在

粵音上與「女異形」和「男異形」的發音十分近以（也不是完全一樣），但可惜以普通話讀起來，發音上卻有較明顯的分別，從而達不到搞笑的效果。

這個故事沒有什麼特別的關鍵詞。但有留意科幻電影的朋友，可能知道《星河戰隊》這個題目乃取自一九九八年初在香港上映的一齣科幻電影 *Starship Troopers*。大家可能有所不知的是，這部電影乃改編自科幻大師 Robert A. Heinlein 寫於五十年代的一本同名小說。無論有沒有看過這部電影，我都極力推薦你們找這本小說來一讀，因為這實在是一本十分出色的作品，較電影版本好得太多了！（網上搜索可直接用 Starship Troopers 這書名。）

〈天煞之謎〉

不用說靈感來自荷里活電影「天煞——地球反擊戰」（Independence Day）。（而「天煞」的靈感則來自五十年代的一齣科幻電影 *The Day The Earth Stands Still*，以及 Arthur C. Clarke 的著名科幻小說 *Childhood's End*（特別是開場的部分）。）

至於故事末所提及的「民黨」與「帝黨」之爭，則是借用了張系國於《城》系列（第一本小說是《五玉碟》）中的意念。

關鍵詞：

- aliens、ET、UFO

- SETI (Search for Extraterrestrial intelligence)

- CETI (Communication with Extraterrestrial Intelligence)

- War of the Worlds、H.G. Wells

- Footfall、Niven &Pournelle

〈百見不如一聞〉

兩個智慧族類相遇而出現意想不到的情景，最經典惹笑的描述，莫過於 Katherine MacLean 所寫的短篇故事 *Pictures Don't Lie*。故事中，對方報稱已按照指示成功降落到火箭場上，但地球火箭基地的人員，卻是什麼也看不見……理由嗎？恕我賣個關子，請你找這篇作品看看。

不用說，這篇作品是〈百見不如一聞〉的靈感來源。

事實上，自十九歲完成了 *The Last Test* 之後不久，我便萌生了這個科幻創作意念。豈料，這個意念竟要等上超過二十年，才有機會被轉化為一篇科幻故事。

關鍵詞：

- stereochemistry、stereoisomerism

- enantiomers、chirality

- amino acids、proteins

- olfaction

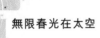
〈無限春光在太空〉

靈感來自 Ben Bova 的一本小說 *Kinsman*。這本小說也間接啟發了〈太空站神秘謀殺案〉背後的一個意念：太空裏的第一椿謀殺案。

關鍵詞：

- life in space

- weightlessness、free fall

- space medicine

〈月殿情緣〉

靈感來自 Arthur C. Clarke 的一個短篇故事 *Cosmic Casanova*。有關月球上的「人力飛行」的描寫，則來自 Robert A. Heinlein 的一個短篇 *Menace from Earth*。在火星峽谷中發現古文明，靈感則來自 Ben Bova 所寫的 *Mars*。

關鍵詞：

- lunar colonisation

- human powered flight

- life on Mars、Valles Marineris

〈金石為開〉

有關把小行星作雕刻材料的構想，可參看拙作《夜空之戀》（再版後稱為《戀戀夜空》）中的最後一篇文章。

在太空中到處流浪並留下美麗雕像的構思，間接來自多年前所看的一個短篇故事（名字已記不清楚，印象中好像是Ray Bradbury 所寫的）。故事中的主人翁，在火星的表面上到處流浪並種下樹木。後來他死了，但火星則慢慢成為一個茂綠林蔭的星球……

在太空中追尋一個人，但每次抵達時對方都剛好離去的這個意念，也是來自 Ray Bradbury 的一個故事（不幸也忘了名字）。故事中主人翁所到處追尋的，是不斷在不同星球上為其居民捨身贖罪的救世主基督！

關鍵詞：

- asteroid、planetoid、meteoroid

- asteroid mining

- Rodin、modern sculpture

- solar wind、cosmic ray、space weather

- spectroscopy

〈誰與爭鋒〉

西方流行科幻小說，中國人則喜愛武俠小說，兩者是否可以結合起來呢？過去十多年來，不少中文科幻作家都曾經作過這樣的嘗試。其間遇到最大的問題是：故事中的人物為什麼要用劍而不用槍械？（不知道各位在看 *Star Wars* 的電影時，有沒有提出過這個疑問？）

〈誰與爭鋒〉這篇作品，可說是回答這個問題的一項嘗試。

赫伯特（Frank Herbert）在他的科幻鉅著《沙丘》（*Dune*）之中，則對這個問題提供了另一個「解答（即 rationalisation）」。但恕我賣個關子，請大家找這本作品（或至少是改編自這本作品的同名電影）來看看。

〈誰與爭鋒〉中的另一個科幻意念是更讓我引以為傲的，那便是一個人可以只是透過滑板和降落傘，便可由太空降落到一顆行星表面的這個假設。要知一般物體（如飄浮在太空的隕石體）若從太空掉到一顆行星（如地球）的表面，大都會在穿過大氣層時，與空氣劇烈摩擦而燃燒殆盡。過去數十年來，所有太空船（包括太空穿梭機）在回歸地球大氣層（re-entry）之時，都要在防熱隔熱方面做足功夫。而我的問題是：這是無可避免的嗎？

我沒有進行過任何嚴格的計算，但我直覺上感到，只要我們設計得夠巧妙，直接從太空跳到行星表面（天降神兵！）是有可能的——特別是如果我們考慮的行星不是地球，而是質量和密度都比地球小，因而大氣層較地球的稀薄，但大氣的外延卻較地球的高遠的行星。我們的太陽系中就有一顆這樣的行星：火星。

在此我向大家提出一項挑戰，就是以嚴謹的物理學算式，證實（或推翻！）我上述這個猜想。

關鍵詞：

- force field
- re-entry
- Martian atmosphere

〈大地之歌〉

這個故事的意念醞釀了接近十年。如果不是有《東周刊》的「科幻小小說」專欄，可能如今仍在醞釀中而沒有寫出來。

意念的萌芽，源自我對性、生命的延續、以及死亡等問題的思索。借用〈大地之歌〉這首作品把這些意念貫串起來，是較為晚期的構思。但這個構思一旦出現，我便發覺這簡直是天造地設的契合。

無論從意念抑或規模來說，這篇小說都是我至今最重要的作品之一。但至於成績如何，還有待作為讀者的你來評審。香港傑出青年協會前會長徐尉玲女士曾對我說，讀畢這個故事害她哭了一場，我認為是對這篇作品的最大嘉許。

在我而言，最大的遺憾乃是原文在字數的限制下，被迫濃縮再濃縮，以至故事中的人物無法被賦予更有血肉的個性、思想與感情。（其中以蓬萊星的四個年輕主角為甚。）如果沒有了限制而任我長篇連載，我相信我隨時可以寫數十個星期。也就是說，這其實應該是一篇五、六萬字的長篇小說，而不是如今約一萬字的中篇。

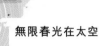

這次結集出書，我原本打算把小說還以應有的面目（即大大加長篇幅）。但正如文首所說，時間和精神皆不容許我這樣做。為了不拖延本書的出版，我只能在一些扼要的地方作出補充，把原本九千字的小說增長至如今萬餘字。也許在將來，我會再把這篇作品擴展成一本長篇小說也說不定。

好了，有關這篇作品的「網上搜索」關鍵詞如下：

- Gustav Mahler、Das Lied von der Erde
- Bruno Walter、Kathleen Ferrier
- classical music、late romantic period
- Interstellar travel
- Ophiuchi rho nebula
- earthquakes、Richter Scale

不過，要充分領略這篇作品，就是再多的資料也不足夠。各位必須親自去聽聽馬勒這首感人至深的音樂作品——不是隨便的聽一次，而是仔細地、反覆地一聽再聽。最好是先聽幾個不同的錄音版本，然後再找機會聽一次現場（不過，這樣的機會並不常有。香港自開埠以來，《大地之歌》在音樂會上演的次數，可能不超過十次！）。你在聆聽時當然不一定要想起我這篇小說。不過，如果你不期然想起我這篇作品，我是會感到十分欣慰的。

最後，讓我為大家介紹幾個有用的科幻網址：

Center for the Study of Science Fiction
URL: http://falcon.cc.ukans.eth/~sfcenter/index.udml

The Internet Top 100 SF/Fantasy List

URL: http://www.clark.net/pub/iz/Books/Top 100/top100.html

Locus Online

URL: http://www.locusmag.com

我的這篇〈後記兼導讀〉，已破了我所有書籍的後記長度。請現在就放下書本，開啟你的電腦和網絡，透過本文提供的關鍵詞，進一步擴闊你的視野和知識領域吧！

李逆熵

一九九九年七月二十日凌晨零時三十五分

以上是原版作品《無限春光在太空》的後記。此書在一九九九年由獲益出版社出版，如今得明窗出版社再版〔編按〕，我趁機加進了曾經收錄於《挑戰時空》的兩篇作品〈最後的考驗〉和〈解放了的普羅米修斯〉，以及一篇從未發表的新作〈泰拉文明消失之謎〉。各位看畢此書，如想與香港的一群「科幻發燒友」共同「發燒」的話，歡迎大家瀏覽香港科幻會的網站 www.hksfclub.org，並加入成為科幻會的會員。

二零零九年十一月二日

凌晨零時二十五分

新版後記

編按：2009 年「新版」書名為《泰拉文明消失之謎》

無限春光在太空（增修版）

作　　　者：李偉才
出版經理：林瑞芳
責任編輯：羅文戙、宇文弈
封面及內頁插畫：Chming
封面設計：Blueriver Creative Studio Ltd
內頁設計：盛　達
出　　　版：明窗出版社
發　　　行：明報出版社有限公司
　　　　　　香港柴灣嘉業街 18 號
　　　　　　明報工業中心 A 座 15 樓
電　　　話：2595 3215
傳　　　真：2898 2646
網　　　址：https://books.mingpao.com
電子郵箱：mpp@mingpao.com
版　　　次：二零一九年四月初版
ＩＳＢＮ：978-988-8525-87-4
承　　　印：亨泰印刷有限公司